W0467595

À QUOI SONGENT-ILS, CEUX QUE LE SOMMEIL FUIT ?

Gaëlle Josse

À QUOI SONGENT-ILS, CEUX QUE LE SOMMEIL FUIT ?

microfictions

NOTABILIA

© Les éditions Noir sur Blanc, 2024
Couverture : Caroline Gioux
© Amy Sperry / Gallery Stock
ISBN : 978-2-88983-000-8

La seule chose dont je me souvienne avec acuité, c'est cette phrase qu'il avait prononcée : « Vous savez, les gens ont l'air d'aller bien, mais chacun de nous a sa nuit. »

YASMINE KHLAT,
La Dame d'Alexandrie

Avant de…

La nuit entre dans la ville, la ville entre dans la nuit. Grise, mauve, bleue, noire. Les fenêtres s'allument, les contours s'estompent, les lumières de la rue, les néons des boutiques, des restaurants, des cafés insistent encore, mêlés aux faisceaux des phares des voitures, aux feux de circulation. Les lumières des appartements, des maisons disparaissent peu à peu, renoncent. Avalées. Dissoutes. L'heure de rendre les armes, ou de résister un peu, encore.

Quelques éclats demeurent au milieu des heures profondes, en veille. Parfois une silhouette immobile se détache sur le rectangle éclairé. À quoi songent-ils, tous ceux que le sommeil fuit ? À quelle part de leur histoire, de leur mémoire, à quels absents parlent-ils en silence ? Qu'attendent-ils ?

C'est l'heure des aveux, des regrets, des impatiences, des souvenirs, de l'attente. Ce sont les heures où le cœur tremble, où les corps se souviennent, peau à peau avec la nuit. On ne triche plus. Ce sont les heures sentinelles de nos histoires, de nos petites victoires, de nos défaites.

Ils ne sont plus que cela, une présence à la fenêtre, un dos, une nuque, un profil, une main qui écarte un rideau ou un doigt qui trace des initiales sur la buée d'une vitre. Une vie derrière la fenêtre, les lamelles du store écartées du bout des doigts.

Nos nuits éveillées parlent d'étreintes, d'une silhouette évanouie, d'un geste retrouvé, de solitudes accrochées à notre cou, de voix murmurées, de la couleur d'un mur sur une île saturée de lumière, d'une phrase recopiée de carnet en carnet, de l'attente d'un appel, d'un mot qui n'a pas été dit, d'un prénom qui nous hante encore. *Où es-tu, maintenant ?*

Face à la longue plaine qui peu à peu dévore, engloutit, demeure un point minuscule à la fenêtre, vigie immobile au milieu de la ville, incorporée à l'immensité de la nuit des hommes.

Que racontent ces silhouettes silencieuses à la grande nuit bleue ?

Où es-tu, ma fille, ce soir, ma fille du bout du monde ? Tu vis ta vie, toujours pressée, toujours impatiente, dis-moi ?

Il fait nuit pour lui lorsqu'elle se lève, et jour lorsqu'elle se couche. Enfin presque. Décalage horaire, sept heures. Pas simple. *Anniv Papa.* Elle a entouré la date en rouge sur le calendrier aimanté fixé sur son frigo. Dans son téléphone, elle a programmé une alarme. Ne pas oublier.

Il aimerait bien qu'elle l'appelle. Pas pour son anniversaire. Ça, il s'en fiche. D'autant que les années de plus, maintenant, ce sont surtout des années de moins. Ses appels sont rares. Trop rares. Quelques échanges par Skype ou WhatsApp, leurs visages mal cadrés, mal éclairés, étroits, tout en hauteur sur l'écran instable tenu à bout de bras, de courtes vidéos qu'il reçoit sur son téléphone, des photos où il la voit, devant la baie de Hong Kong, à son bureau, au 29e étage d'une tour climatisée, ou dans un bar avec des amis, beaucoup d'amis, quantité de verres et de bouteilles devant eux, visages rapprochés, déformés par la proximité de l'écran du téléphone, éclats de rire. Lequel de ces garçons est son amoureux ? Ou laquelle de ces filles ? Après tout, il n'en sait rien. Il répond, remercie pour l'envoi. Il s'essaie à lui envoyer en retour des cœurs, des smileys, comme elle le lui avait montré. Il avait trouvé ça étrange d'envoyer ces dessins enfantins sans paroles pour traduire une humeur, une émotion, puis il s'était habitué. Il envoie parfois une photo du jardin, le muguet au printemps, les cyclamens cachés sous la mousse en automne, la dernière rose de novembre, mais il ne sait pas si ça l'amuse, il a arrêté avec les photos. Il ne veut pas peser. Mais ce soir, il aimerait bien qu'elle l'appelle. Il se sent seul dans cette maison trop grande maintenant. Trop de courants d'air, trop de chambres vides.

Vendre, peut-être ? Prendre un appartement en ville, plus petit, près des commerces, des transports ? Il fatigue. Il aimerait bien avoir son avis.

Sa silhouette lourde se dessine devant la porte-fenêtre, celle qui ouvre sur le jardin. Le jardin, qui aurait bien besoin de soins. Il s'en est occupé avec amour, avec ferveur. Des fleurs en toutes saisons. Des roses anciennes. Et aussi des tomates, des framboises. Il revoit sa fille, enfant, les cueillir. Il n'en restait guère dans le minuscule panier en osier, elles étaient mangées sitôt cueillies.

Il la revoit, riant, une framboise enfoncée à l'extrémité de chaque doigt, à faire de grands gestes qu'elle voulait effrayants avant de les dévorer une par une en riant, laissant apparaître les trous d'une dentition enfantine. Il y a si longtemps.

Il n'a plus le cœur à ça, depuis pas mal de temps. Désherber, ramasser les feuilles, ça lui coûte, maintenant. Son dos. La terre est basse.

La nuit tombe, le bleu ne va pas tarder à renoncer. Il fixe la silhouette du grand épicéa au fond du jardin, qui disparaît peu à peu, avalé par la nuit qui avance et dévore les formes. Le sapin, rescapé d'un Noël, acheté une fois en pot avec ses racines, il l'avait replanté pour faire plaisir à sa fille, sans trop y croire. Sa femme n'y croyait pas non plus, malgré tous ses efforts pour lui garder les racines humides. Et puis le sapin déshabillé de ses guirlandes avait résisté, il fait cinq mètres de haut maintenant. Il se revoit le déposer et le maintenir dans le trou qu'il venait de creuser, sous le regard excité de la petite fille. Il était le papa qui sauve les sapins. Il se dit que, les arbres, ça mesure le temps. Il s'en passerait.

On ne voit plus rien maintenant à travers la porte-fenêtre, mais il ne bouge pas.

Ses épaules sont voûtées sous sa veste en laine épaisse. Derrière lui, sur la cheminée, son épouse sourit dans un cadre argenté.

Il aimerait bien que sa fille l'appelle, quand même.

la nuit berceau, la nuit paysage, la nuit confidente,

La journée a été longue. La route, les rendez-vous, les clients, les appels, les messages, les retards, les annulations sauvages. À peine une excuse. Pas de problème. Garder le sourire.

Il est arrivé à l'hôtel, un de ceux que l'on dit *fonctionnels*, c'est-à-dire très laid et près d'une sortie d'autoroute, dans une zone commerciale, cerné par les parkings et les enseignes géantes.

Il a posé son téléphone et son chargeur, une bouteille d'eau sur la tablette qui sert de chevet. Pas envie de travailler ce soir, les colonnes de chiffres, les transmissions au siège pour les commandes, non, pas envie. Pour une fois, ça attendra. Une lassitude. Il a répondu aux mails les plus urgents, confirmé les rendez-vous du lendemain, allumé et éteint l'écran de télévision fixé sur le mur en face de lui après avoir erré sur quelques chaînes, des jeux imbéciles et bruyants, du sport, demi-finale de hand-ball, canoë-kayak et cyclisme sur piste, des informations en continu où tournent en boucle le même reportage et les mêmes *breaking news* en sous-titres, des séries dont il ne sait rien, n'ayant pas vu les épisodes précédents. S'il a faim tout à l'heure, il verra s'il a le courage de descendre. À moins qu'il ne se fasse livrer quelque chose. Ou juste prendre un verre.

La nuit est tombée sur le parking, peu de voitures, l'hôtel ne doit pas être complet ce soir. Avec le double vitrage, on n'entend rien. Il s'approche de la fenêtre et tire les rideaux aux trois quarts, pour se donner un peu d'intimité, sans s'enfermer complètement. Les rideaux à larges rayures bordeaux et grises accentuent la hauteur du plafond ; face au lit, une photo montrant plusieurs galets en équilibre les uns sur les autres atteste un effort de décoration zen et consensuelle. Tout en regardant sans les voir les allées et venues sur le parking, il saisit son téléphone.

La dernière page qu'il a consultée sur Internet s'affiche. Celle d'un site qui propose de retrouver les amis d'enfance, les camarades d'école (mais qui dit encore *camarades*, aujourd'hui ?), de lycée ou de fac, les visages perdus et les noms oubliés de ces vieilles photos de classe où les élèves s'échelonnent, sans sourire, sur trois ou quatre rangs, l'instit ou le prof assis au milieu, gros plan sur les chaussettes tombantes.

Mais qu'est-ce qui lui a pris d'aller voir ce site à la con ? Pourvoyeur d'inutiles nostalgies et de trous de mémoire. De mauvais flashs, aussi. Sur cette photo de terminale, ils sont tous là. Les autres, il s'en fiche, il ne voit qu'elle, grande, longue, ce port de tête exaspérant d'allure, ce teint clair, et puis ces yeux, merde, ces yeux. Il se souvient de ce chanteur *vintage* qui chantait des yeux couleur menthe à l'eau, comme s'il les avait vus pour de vrai, ses yeux à elle. Les soirées avec la petite bande chez les parents qui acceptaient de s'éclipser pour quelques heures, pas de bêtises, hein, vous promettez ? C'était toujours chez les autres, jamais chez lui.

Ils dansaient le rock en ce temps-là, arrosé de vodka orange ou de whisky Coca. Elle dansait mieux que tous les autres avec ses pas sautillés entre deux passes, le dos bien droit, héritage d'années de danse classique, les pieds agiles sur les parquets cirés. Lui aussi dansait mieux que personne parmi les garçons. Il se souvient de sa taille fine quand il l'attrapait pour la faire s'envoler ou rouler sur son dos, ses mains fraîches quand lui se sentait moite, dégoulinant, et ces yeux, merde, ces yeux. Valérie. La plus belle fille du lycée. Il y en a toujours une. C'était elle. Pas d'amoureux officiel, mais un essaim de bourdons affolés en permanence autour d'elle. Un jour, il avait tenté sa chance. C'était à la maison de campagne de ses parents à elle, avec piscine, où la bande se retrouvait parfois le week-end, sa mère si charmante, si courtoise, *comment allez-vous, Frédéric ?* Chez lui on ne parlait pas comme ça, dans son appartement banal d'immeuble banal de rue banale, loin du centre-ville, où ils habitaient tous, ceux de cette bande, rue Victor Hugo contre allée des Mimosas, et pas de maison de campagne. Il savait qu'il n'avait rien de commun avec eux, fils et filles d'une bourgeoisie locale de pharmaciens et de notaires, à jupes bleu marine et polos de tennis, maisons à moulures et parquets anciens, mais ses parents avaient tenu à l'inscrire *dans le privé*, va savoir pourquoi, ils en avaient à peine les moyens, pour le reste il fallait rogner sur tout.

Non, il n'aurait pas dû garder la main de Valérie dans la sienne ce soir-là, quelques secondes de trop après la dernière passe sur *Jailhouse Rock*. Cette pression, légère mais nette à l'intérieur de sa paume, il s'en souvient encore. Ce regard étonné, incrédule, ce sourcil imperceptiblement haussé, cette esquisse de sourire embarrassé, il en ressent encore la brûlure. Du jour au lendemain, il avait arrêté de fréquenter la bande.

Il y a d'autres photos d'elle sur le site, c'est elle qui a dû les poster, avec quelques lignes où elle dit la joie qu'elle aurait de retrouver ses anciens *camarades*, en particulier ceux de terminale, ceux de la *bande de Sainte-Solange*.

Que de souvenirs !!, avait-elle écrit avec deux points d'exclamation. Elle avait ajouté une adresse mail.

Il a téléchargé les photos dans son téléphone, il les scrute en les agrandissant. Valérie. Elle a toujours ce regard de menthe liquide, mais il peine à la reconnaître, épaissie dans des vestes de tailleur bleu ciel ou rose pâle, escarpins raisonnables aux pieds et perles volumineuses aux oreilles. Ces photos avaient été prises lors des fiançailles de l'un de ses quatre enfants, c'est elle qui l'a précisé dans son message, Domitille, Gautier, Damien ou Ségolène – elle a aussi indiqué leurs prénoms. Derrière elle, la piscine. Il le reconnaît aussitôt, ce rectangle turquoise bordé de dalles en pierres blanches, là où quelques semaines avant les épreuves du bac, il avait osé garder sa main dans la sienne. Ce goût amer au fond de la gorge, il le sent encore en parcourant ces photos.

Bien sûr, ils n'auraient pas grand-chose à se dire, même si finalement, il ne s'en est pas mal sorti, mais son costume ne sera jamais assez chic pour elle, ou trop chic au contraire, vulgaire même, trop clair pour la saison, cravate trop vive. On cultive l'élégance distraite, patinée, chez elle. Du beige et du bleu marine en toutes saisons, l'art du demi-ton et de la palette neutre. Lui aussi a une belle maison aujourd'hui, avec une piscine, s'il vous plaît, dans le sud de la France, mais ça n'a rien à voir, il le sait. Le charme discret, ça ne s'apprend pas. Sa réussite à lui, c'est celle de la revanche. La colère, ce feu. Aujourd'hui, il se sent apaisé, mais ce n'est jamais très loin au fond de la gorge, ça se réveille vite. Sa maison, sa piscine, l'Audi et la Mini Cooper décapotable, les vacances au ski, les compétitions de poney de la petite, il a décroché tout ça avec les dents, jour après jour, année après année, sans rien lâcher. Jamais.

Il n'y a plus personne sur le parking, rien que l'éclairage qui fait briller les carrosseries des voitures qui resteront là cette nuit.

Dans sa tête, ça court, ça cavale, il voudrait arrêter ce galop, cet absurde galop, mais c'est inutile. *Chère Valérie, …*

la nuit des abandons, la nuit des corps qui jouissent et des corps qui renoncent,

Il est tard. Trop tard pour dîner. Trop tard pour arriver avec des fleurs, du champagne, et toute la bruine d'octobre accrochée au manteau. Elle sait qu'il est tard, mais elle espère encore. D'un doigt nerveux, elle vérifie l'écran de son téléphone toutes les dix ou quinze secondes. Le mode silencieux est bien désactivé. Aucun message ne s'affiche, pas un son, pas une vibration.

Elle s'approche de la fenêtre. Il va arriver d'un moment à l'autre, c'est sûr. Elle guette sa voiture. Tend l'oreille. Retient sa respiration. Derrière elle, la table est dressée pour deux. Chemin de table en lin rouge sombre, porcelaine blanche à filet doré, verres à pied.

Rien ne manque. Ni la corbeille de pain garnie d'une serviette en papier décorée de cœurs rouges et blancs, ni le vin ni l'eau, ni les fleurs piquées dans de la mousse de fleuriste, arrangées en petits bouquets près de chaque assiette. Elle voulait une table *romantique*. Elle y a passé du temps. Elle l'a photographiée et envoyée à sa meilleure amie. Qu'est-ce que tu en penses ? Sa main gauche froisse le rideau qu'elle écarte, puis le laisse retomber.

Il a dit qu'il viendrait.

Elle a passé une robe noire, courte, échancrée dans le dos, des bas noirs et des talons, des boucles d'oreilles métallisées qui caressent le haut de ses épaules, elle a remonté ses cheveux, la nuque offerte, elle a ombré ses paupières de brun mordoré et les a soulignées de noir, elle a coloré ses lèvres d'un rouge explosif. Là aussi, elle a passé du temps.

Il a dit qu'il viendrait.

Elle hésite, et elle ne tient plus. Elle envoie un premier SMS, quelque chose de léger, des icônes festives, une bouteille de champagne et deux coupes, une femme en longue robe rouge, qui danse. Elle lui demande s'il a eu un imprévu, s'il n'a pas oublié. Légère, elle se veut légère avant tout. Ne pas insister, ne pas l'effrayer. Surtout, ne pas l'effrayer avec des rafales de messages insistants. Pas de pression, surtout pas de pression. Qu'elle ne dise rien de cette attente monstrueuse qui lui dévore le ventre. Elle se voudrait légère comme une mésange, comme une libellule, quelque chose de gracieux, rassurant et désirable. Qu'il ne s'effraie pas de tout ce qu'elle voudrait de lui.

Ses boucles d'oreilles brillent avec insolence dans la vitre. La nuit est noire maintenant, seulement traversée par le faisceau des phares des rares voitures qui empruntent cette rue.

Les effluves qui proviennent de la cuisine où elle s'est affairée dans l'après-midi lui soulèvent le cœur. Elle n'a plus faim.

Son téléphone est toujours muet. Il est tard.

Il a dit qu'il viendrait dîner.

La phrase en boucle, comme un mantra.

Elle envoie un autre SMS. Elle s'inquiète, maintenant. Il lui est peut-être arrivé quelque chose, il ne peut pas la prévenir, il est peut-être sur un brancard au fond d'un couloir d'hôpital, ou pire. Si ça se trouve, il a besoin d'elle. Sinon, il aurait appelé. Elle oscille entre l'angoisse et la colère, ça tourne, ça s'emmêle et elle ne sait plus.

La colère, peut-être. Elle vient de vérifier sur WhatsApp. Il était en ligne il y a quelques minutes. Alors, il est vivant, il est vivant et il ne répond pas.

Dans sa chambre, une bougie parfumée, cannelle-orange, et des draps frais. Toute la semaine elle n'a pensé qu'à cette soirée. Le menu, la table, la robe. Et après.

Très doucement, à travers les mini-enceintes disposées dans la pièce, la voix de Billie Holiday murmure *Long Gone Blues*. Elle ne l'entend plus.

Elle ne comprend pas. Il a dit qu'il viendrait.

la nuit rivage et la nuit fleuve obscur, la nuit qui guette l'horizon,

La chambre est en vrac. Draps malmenés, vrillés, vêtements épars. Ils se sont aimés. Première fois. Les gestes fauves de la nuit, la grande roue du désir, la découverte d'un corps inconnu, d'une odeur inconnue. Et toi, comment jouis-tu ? Puis il s'est levé en écartant les draps, un geste vif, pressé, son corps se dessine en clair sur le tissu sombre, il va passer de l'eau sur son visage à la salle de bains, un trait de lumière vive se détache tout autour de la porte, puis il éteint, et tout l'appartement retombe dans le noir.

Elle l'attend au creux du lit, elle veut son odeur, sa chaleur, le poids de sa main sur ses hanches, ses cuisses le long des siennes.

Elle a froid soudain, la tiédeur des draps s'enfuit. Mais qu'est-ce qu'il fait ?

À son tour elle se lève, un pull enfilé à la hâte à même la peau.

Il est là, dans le noir, nu devant la fenêtre. Elle regarde ses fesses blanches, son dos musclé, la tache de naissance brune dans le creux des reins, les taches de rousseur éparpillées sur les épaules.

Lui regarde la rue, en silence, il la regarde qui s'allonge en ligne droite, avec ses flaques de pluie sur le goudron, qui brillent d'un éclat argenté, avec le passage furtif d'une voiture.

Elle fixe ses mollets charnus, ses pieds cambrés, elle s'approche de lui et se plaque contre son dos. Retrouver sa chaleur, ne faire qu'un à nouveau. Pourquoi s'est-il levé si vite ? D'un mouvement involontaire, il sursaute à son approche et se dégage avec vivacité. Il la regarde fixement, comme une étrangère dont il découvrirait l'existence à l'instant même.

Décontenancée, elle recule. *Mais qu'est-ce qu'il y a ?*

la nuit lointaine, la nuit frisson, la nuit tu me manques,

Il a installé le vinyle sur la platine après l'avoir sorti de son mille-feuille de plastique transparent, de papier, de carton glacé, puis il soulève le bras articulé qui tient la tête de lecture, et avec douceur il le dépose au bord du disque.

Il écoute.

Face à la fenêtre, il ferme les yeux. La nuit disparaît, les platanes au bord de l'avenue, que l'on devine plus que l'on ne voit, le tranquille mouvement des feuilles. Tout s'estompe.

Il fait nuit sous ses paupières, et chaque note le traverse tout entier. Le monde s'évanouit, un autre vient de s'ouvrir.

Il écoute cette musique, celle des origines, cette musique entendue avant toutes les autres, musique essentielle, parfaite, auprès de laquelle toutes les autres ne sont que *des musiques*.

Il se souvient. Pas bien vieux en ce temps-là. Entre sept et dix ans peut-être, il ne sait plus trop, l'âge encore innocent, et déjà les grandes inquiétudes, oui, de cela il est sûr. L'aria des *Variations Goldberg* se fait entendre. Trente-deux mesures, un monde infini et clos. Chaque note incrustée, scarifiée, déposée dans la partie la plus archaïque de sa mémoire, chaque note comme un don, une délivrance, la reconnaissance de quelque chose qui ne porte pas de nom, une Atlantide oubliée et ressurgie.

Il revoit le clavecin sur la pochette en carton, la photo sur un fond noir, il est couleur d'acajou, de feu, une rousseur presque rouge. Qu'est devenu ce disque, il n'en sait rien, il y a eu tant de déménagements, d'objets laissés, perdus, vendus, cédés, oubliés, c'est sans importance.

Une note grave interroge et répond, elle apaise une douleur jusqu'alors inconnue. La main invente un miracle. Un monde s'est ouvert, et il faut le rejoindre, dès que possible. Trembler encore. Encore. Deviner, déjà, l'espace ténu entre souffrance et jouissance. La musique comme une clé du monde. L'aria se fraye un chemin jusqu'en des espaces inexplorés, jusqu'au mitan de forêts sombres qu'elle transperce de lumière.

La musique comme un passage, une voie mystérieuse entre hier et demain, une invitation, une énigme approchée. S'il n'en reste qu'une… Il est au monde, face au monde, dos au monde, gardien muet d'un très ancien secret que murmure l'aria à ceux qui savent l'entendre : la musique est amour. Oui, amour, et rien d'autre.

la nuit colère, la nuit repos, la nuit ouverte,
la nuit refuge,

Terminal 2E. Porte F. Ils y sont. Ça fait deux ans qu'ils en parlent. Qu'ils lisent. Qu'ils cherchent. Qu'ils économisent. Embarquement dans trente minutes. C'est elle qui en avait parlé la première, et il avait suivi. Son rêve à elle depuis toujours, trop peu de temps pour y penser. Maintenant, ça devient possible. Retraitée, ça lui fait tout drôle, elle a eu du mal à accepter le mot, et puis on s'habitue. Du temps pour elle, sans compter, pour la première fois.

Son rêve à elle, fond d'écran de son ordinateur, centaines de photos, applications sur son téléphone. Hanami. Trois syllabes, le désir d'une vie.

Elle se tient contre lui, menue, silhouette d'enfant presque, son sac cabine à ses pieds.

Il fait froid dans ce hall, avec les portes d'embarquement qui se succèdent, les voyageurs assis dans les sièges en plastique noir et acier, ils sont collés à leurs téléphones, ou à la recherche d'un chargeur, embarrassés de petites bouteilles d'eau, de sacs à dos, de valises cabine gonflées à craquer. Partout des écrans affichent les horaires, les destinations, les délais, les retards, les recommandations, les interdictions. Pas grand-chose pour se réfugier. Vol pour Tokyo, embarquement dans vingt minutes. Les voyageurs se sont déjà agglutinés devant le comptoir, passeport, carte ou téléphone à la main. Maintenant que son rêve est à quelques heures de vol, elle angoisse. Et si elle était déçue ? Et si cette explosion des fleurs de cerisier au printemps ne ressemblait pas à ce qu'ils avaient imaginé ensemble ? Aux mille photos triées sur son ordinateur, des fleurs de sakura à perte de vue, fichiers et sous-répertoires, espaces urbains/espaces naturels/lieux/dates. Le sakura est un cerisier-fleur. Des fleurs à cinq pétales, légères comme un souffle. Volupté pour les yeux. Au sol, la neige est rose, d'un rose infiniment clair. L'amoncellement des pétales finit par former une matière légère, mousseuse, mouvante.

Cette envie, c'est une histoire de jardin, une histoire d'enfance. À l'arrière de la maison familiale, on accédait par une véranda à un carré de pelouse planté d'arbres. Il y avait ce moment de l'année qu'elle aimait par-dessus tout. Au milieu d'un massif, ce rosier qui donnait des quantités de minuscules boules roses sans tige, tellement fragiles que l'on ne pouvait les cueillir. En fin de floraison, le spectacle la ravissait. Le sol était recouvert d'une abondance de pétales d'un rose très pâle, très légers, que le vent déplaçait et arrangeait en volutes ondoyantes. Cette transfiguration du jardin durait quelques jours à peine. Jamais elle n'a revu quelque chose de semblable, cette floraison n'existe que dans le jardin de sa mémoire. Lorsqu'elle a découvert l'existence du hanami, elle a tout de suite songé à cette pluie de pétales du rosier de son enfance.

Il la regarde. Il voit sa paupière gauche qui tressaille légèrement. Viens voir. Ils s'approchent des larges baies qui donnent sur les pistes. Leur avion est là, dans la nuit, avec sa rangée de hublots ovales disposés le long du fuselage, avec son empennage triangulaire aux couleurs de la compagnie aérienne. Il les attend, tous les deux, avec leur rêve. Agents de piste en gilets fluo, lumières des hangars, des bâtiments, des entrepôts, les autres terminaux, les rangées d'éclairage qui balisent les pistes. Un avion décolle presque à l'horizontale, ils distinguent encore les feux sur les ailes, puis il se cabre et disparaît.

Elle a froid, elle glisse son bras sous le sien, la chaleur de son corps l'apaise, comme toujours. Elle n'y croit pas encore. Réaliser un rêve, c'est donc possible ? Dans la vitre, c'est maintenant leur reflet qu'ils voient, une double silhouette un peu étrange, l'un collé à l'autre. Lui, grand, massif, barbu. Elle, légère comme un oiseau. C'est ça, leur couple, l'ours et le moineau, c'est comme ça qu'il dit en plaisantant. *Les passagers des sièges K à R sont invités à se présenter au comptoir d'embarquement.* Tokyo. Puis ce sera Kyoto, Osaka. Elle serre fort la main de son homme. Ils vont voir les cerisiers en fleur.

la nuit sur la route, la nuit départ, la nuit inconnue,

Elle ne sait pas si elle va l'appeler. Elle s'est couchée tôt, à son habitude, après deux épisodes d'une série policière sanglante qui la tient en haleine et dont les images repassent longtemps sous ses paupières, parfois ça la retient au bord du sommeil. Elle s'est démaquillée, s'est glissée dans le pyjama soyeux qu'elle vient de s'acheter, bordeaux, à motifs d'oiseaux blancs, un peu japonais. Elle a pris un magazine avec elle, feuilleté quelques pages, elle en corne une, publicité pour une crème hydratante, restructurante, redensifiante, régénérante, celle de toutes les promesses, de tous les miracles. À côté de la femme sur la photo, qui semble la regarder avec intensité et conviction, un croquis, presque scientifique, avec courbes et pourcentages, montre l'état de la peau avant l'achat de la crème et après trois semaines d'utilisation. Elle se dit ce que celle-là, oui, elle a vraiment l'air pas mal. Elle la prendra quand elle aura terminé la sienne.

Elle voudrait dormir maintenant, sentir ses paupières, son corps tout entier peser, mais non, elle n'a jamais été aussi éveillée, aussi tendue. Sa sœur. Quelle plaie, quand même. Toujours à chercher les histoires, les conflits, pour ceci, pour cela, pour tout, pour rien. L'art de jouer les victimes, de se faire plaindre par toute la famille. La mal-aimée, la pas-de-chance, son meilleur rôle.

Des mois qu'elles sont fâchées. Une histoire idiote, comme d'habitude. Cette bague que sa sœur a vue à son doigt, celle de leur mère.

Le visage de sa sœur, le regard de sa sœur. La pâleur, les lèvres pincées, le double pli vertical entre les deux yeux, qui annoncent la colère. *Elle te l'a donnée ? Je rêve ! En quel honneur ? Elle me l'avait promise depuis toujours. C'est parce que tu passes la voir tous les dimanches ? Toi, la fille parfaite ?* L'amertume installée sur ses traits, les lèvres qui se rétractent jusqu'à disparaître. Les couverts jetés dans l'assiette, la sauce sur la nappe, la porte claquée. Des mois sans nouvelles.

Ce n'est pas la première fois. En général, sa sœur la rappelle, c'est l'histoire de quelques jours, elle s'excuse, elle dit qu'elle s'est emportée, qu'elle est comme ça, elles le savent toutes deux, il ne faut pas lui en vouloir, c'est ainsi depuis qu'elles sont gamines, cette jalousie qui lui dévore le ventre, le cœur, la gorge. Ça monte comme le lait sur le feu. Elle finit toujours par fondre en larmes. Ça s'arrête là. Jusqu'à la fois prochaine.

Elle ne dormira pas, elle le sait. Elle se glisse hors du lit, enfile sa robe de chambre et descend à la cuisine boire un verre d'eau. Les oiseaux blancs sur la soie bordeaux ont disparu sous la polaire grise. Elle regarde sa main. Sa bague. Le *brillant* de maman, comme elle disait. Un tout petit diamant rond monté sur les quatre griffes d'un anneau en or blanc. Une monture modeste, démodée, mais c'est celle de maman. Bien sûr, elle aurait pu éviter de la porter devant sa sœur, comme ça, sous son nez, ce n'est pas malin, mais non, elle est à elle, cette bague, maintenant, elle ne l'enlève même pas pour dormir. Elle ne va pas jouer à cache-cache avec un bijou, à son âge, quand même. Et puis, de toute façon, sa sœur trouverait bien autre chose à redire, c'est son talent. Entre elles, depuis toujours, c'est une histoire qui ressemble à un jardin détruit, à des patiences épuisées, à des chemins qui se séparent et se recroisent.

Elle s'approche de la fenêtre, resserre le col de son vêtement autour du cou. La vitre est froide, mais elle y pose le front. Frissonne. Sa sœur. Son amour. Sa plaie. Sa croix.

Sa sœur en colère. Contre la vie, contre elle-même, contre la terre entière.

L'enfant maussade. La petite sœur boudeuse.

Occupe-toi de ta petite sœur, tu veux ? La gamine morveuse, agaçante, toujours accrochée à ses basques. Son silence qu'il fallait négocier, plus tard, quand elle avait rendez-vous avec un garçon. Tu m'emmènes avec toi, dis ? Et puis après, la jeune femme qui n'a pas eu de chance, ça c'est sûr, mais c'est comme ça.

Son front a laissé une trace sur la vitre, comme une buée un peu grasse. Ses doigts s'avancent. Elle s'aperçoit qu'elle a tracé un cœur, un peu biscornu certes, très arrondi, mais ça ressemble à un cœur, si l'on regarde bien.

Elle soupire. Elle appellera sa sœur. Le *brillant* de maman, au fond, elle s'en fout.

la nuit où tombent les masques,

Il monte d'un pas lourd les six marches qui mènent à sa porte d'entrée en bois sombre, au heurtoir de bronze en forme de tête de lion. Il se dirige vers la salle de bains. Longuement il se savonne les mains, se rafraîchit le visage, il plonge dans l'éponge épaisse de la serviette, ferme les yeux.

Il enlève ses chaussures, jette sa veste sur son lit fait au cordeau. Housse de couette en lin gris clair, oreillers coordonnés dans une nuance plus foncée, dessus de lit en coton vert pâle à demi replié.

La silhouette est pesante, on dirait un vieil animal harassé, obstiné. Dans le séjour, la lampe s'est allumée quelques minutes avant son retour. Design italien, ampoules basse consommation, système connecté depuis son smartphone. Il n'aime pas rentrer dans cette grande maison sombre ; les deux lampes qui brillent, dans sa chambre et dans le séjour, lui donnent l'impression d'être attendu. L'allée de gravier clair dessine une sorte de long triangle dans la vitre. Il s'approche. Son visage qui s'y reflète est marqué de cernes, il porte sur lui une intense fatigue.

Révolte et tristesse, aussi. Il ne sait pas trop. Révolte, peut-être.

Un jeune type de trente-cinq ans, en pleine santé, père de deux enfants, ça ne meurt pas sur une table d'opération. Ça ne doit pas. Tout était simple. La routine. Bilans, rendez-vous d'anesthésie, état général. Intervention bénigne.

Et puis ça s'est emballé. L'imprévisible. Hémorragie. Difficultés cardiaques. Hypoventilation. Le regard de l'anesthésiste, sourcils froncés au-dessus du masque, les moniteurs, les scopes qui s'agitent, qui ralentissent, les courbes qui s'affolent, les signaux sonores. Lui au milieu. À mi-chemin de son intervention. Les ultimes tentatives. Chacun à sa place, chacun à son rôle. Navire dans la tempête. Concentration sur les gestes techniques, les protocoles. L'espoir. Le cœur a redémarré. L'espoir. On a eu peur. Et puis nouvelle alerte. Rien à faire. C'est fini. Les regards échangés au-dessus de la table, sur les visages mangés par les masques et les charlottes. Le corps, vivant, il y a quelques instants encore. Déjà dépouille.

Retirer l'appareillage. Recoudre. Ultimes constats. Prévenir son épouse. C'est lui qui a appelé. C'était son opération, sa responsabilité. *Nous avons fait tout ce que nous avons pu, madame. Rien n'était prévisible, tous les indicateurs étaient excellents, comme sa condition physique.*

Ça n'aurait pas dû arriver. C'est arrivé.

Il se souvient de la jeune femme qui suffoque dans ses larmes au téléphone. Brune, vive, un carré court, un grain de beauté au-dessus de la lèvre, la bouche bien dessinée, un sourire doux. Et lui, grand, anxieux mais posé, se forçant à la bonne humeur. Des questions précises. Il les revoit s'éloigner dans le corridor à l'issue du rendez-vous, avec leurs manteaux et leurs écharpes sur le bras. *Ne vous inquiétez pas.* Il s'était voulu rassurant, comme toujours. Il ne redira jamais ça.

Vingt-sept années passées au bloc. Des accidents, des imprévus qui tournent mal, il y en a eu. Il se souvient du premier, il débutait. Cette dame âgée, trop âgée, il y avait cru, quand même. Il y avait une chance, petite, il avait tenté, la famille était d'accord. La chance avait été trop mince pour s'imposer. Il avait compris que ça faisait partie du métier.

Aujourd'hui, ce n'est pas sa faute, mais c'est son patient, son opération. Il fait quelques pas pour aller s'asseoir dans son canapé, mais l'homme de la vitre au visage cendreux lui fait toujours face. Ces cernes, cette calvitie qui gagne du terrain, cette silhouette de vieil éléphant. La gravité terrestre. Demain matin, très tôt, il ira accueillir la jeune femme lorsqu'elle arrivera à l'hôpital. Veuve, ce mot le terrifie soudain. Il le lui a promis, il lui a donné son numéro personnel, appelez-moi quand vous arrivez. Il l'accompagnera. Il lui parlera, sans éviter son regard.

Peut-être aura-t-il envie de la prendre dans ses bras, doucement, comme il le faisait pour sa fille lorsqu'elle était enfant et qu'elle avait de la peine, de ces peines d'enfant infinies, impossibles à apaiser, et de la laisser pleurer, ou crier, hurler contre lui. Bien sûr, il ne le fera pas. Distance professionnelle. Maîtrise des affects. Un patient reste un patient, sinon on est fichu, c'est la règle.

Il se lève, il a l'impression que son corps pèse des centaines de kilos, oui, c'est ça, un vieil éléphant. Il va regagner sa chambre aux draps repassés, il éteindra et ne trouvera pas le sommeil, mais le visage de craie qui lui fait face dans la vitre aura disparu.

la nuit des aveux je t'aime je ne sais plus,

Il s'est couché à l'heure, comme chaque soir, quand sa mère le lui demande. Il préfère obéir, ça évite les énervements. Dès qu'il est au lit, enroulé dans sa couette, ses jouets dispersés un peu partout à terre, il les entend. C'est comme ça tous les soirs, depuis déjà un moment. Il tend l'oreille mais il ne saisit pas les mots. Il entend les voix, la colère, l'orage, ils parlent fort, de plus en plus fort, les voix se chevauchent et cherchent à se dévorer l'une l'autre. Il entend une porte qui claque.

Alors, il essaie de descendre le plus loin possible au creux de son lit, de descendre tout au fond de cette cabane tiède, de fermer les yeux de toutes ses forces. Le sommeil résiste, il tente de penser aux entraînements de foot, à Mila qui a partagé hier son goûter avec lui, à la maîtresse trop belle avec ses cheveux longs, si douce, qui lui a fait un compliment ce matin, juste avant la récré, *il est très beau ton cahier, Léo*. Il tend l'oreille, encore. Il a entendu un bruit. Une portière de voiture, et le bourdonnement du portail électrique qui s'ouvre.

Il se lève, repousse le rideau bleu pâle avec des lapins qui gambadent dessus, celui qu'il a demandé à sa mère de remplacer, *ça fait trop bébé, les lapins, maman*. À travers les interstices du volet, il cherche.

Il fait nuit noire, mais le lampadaire de la rue diffuse un halo orangé sur une partie du jardin.

La voiture de son père, la 208 grise avec l'autocollant triangulaire BB À BORD tout décoloré, n'est plus là. Le portail est fermé, les deux vantaux de bois brun sont clos, collés l'un à l'autre. Il entend sa mère débarrasser la table du dîner à la cuisine, puis la porte de sa chambre qu'elle ferme d'un bruit sec.

Il attend. Puis il s'assied par terre, près de la fenêtre, comme ça il est sûr d'entendre la portière quand son père va rentrer. Il ne veut pas dormir avant d'être certain que tout son monde est là, au complet. Il attend.

Papa est parti. Trois mots qui tournent et s'entrechoquent dans sa tête. Papa. Parti. Il se met à grelotter, il claque des dents. Il finit par se glisser dans son lit sans oser allumer sa lampe. Parti. Parti pour de vrai ? Parti jusqu'à quand ? Parti à cause de moi ? Parti pour toujours ?

Il serre son oreiller fort contre lui. L'oreiller avec des lapins, les mêmes que ceux du rideau. Mais ceux-là, sur l'oreiller, pour dormir, il les aime bien, il leur raconte des histoires. Il les serre contre lui, le plus fort possible. Pas question qu'on l'entende pleurer.

Mais Papa. Parti.

la nuit murmure, la nuit qui ressemble à ton visage, la nuit peur d'enfance,

C'était son dernier concert. Avant d'entrer en scène, il ne le savait pas. Qui aurait pu imaginer ça ? Un concert, un autre, encore un, un de plus. Sa vie. Derrière le rideau noir, il y a quelques heures à peine, il était l'artiste attendu avec ferveur, le virtuose adulé, célébré sur tous les continents, espéré dans les salles les plus prestigieuses, billetteries prises d'assaut, épuisées en quelques heures. Les affiches en ville le montraient, visage inspiré, ténébreux, regard levé vers d'invisibles sommets, chemise blanche, les mains en suspens au-dessus du clavier.

Il est arrivé en fin d'après-midi, à son habitude, après un repas léger. Rien qui endorme, ni viande ni alcool. Surtout pas. Rester vigilant. Ne pas se laisser distraire. Sa loge blanche, le couloir qui mène à la scène, encombré de chaises pliantes et de fauteuils cassés, décoré d'antiques affiches, certaines sont dédicacées, à moitié masquées par les larges paraphes au feutre noir. Le rideau, avec ses plis lourds, avec cette odeur de poussière caractéristique des salles de spectacle. Costume noir, simple. Depuis longtemps il a abandonné la tenue de concert traditionnelle, queue-de-pie, nœud papillon et gilet blanc. Ridicule. Plus personne ne s'habille comme ça. Vestiges désuets d'époques révolues, avec public poudré et soyeux, fourrures et cachemires, mondanités fatigantes d'après-concert. Toutes ces fleurs qu'il abandonnait dans la loge, ces roses en profusion, son agent les envoyait chercher le lendemain et en décorait ses bureaux. Souvent il manquait de vases. Les temps ont changé. Il trouve ça bien.

Le piano noir, la laque brillante, la laque miroir.

Le public conquis, en transe dès son apparition, avant même qu'il ait posé ses mains sur les touches. Une rapide inclinaison du buste en guise de salut en direction de la salle, rien de plus. Déjà il les tient au creux de ses mains.

Puis ces quelques secondes suspendues avant que le silence ne cède la place à la musique.

Pendant la première partie, quelques alertes. Dans ce prélude de Rachmaninov, joué des centaines de fois, enregistré à d'innombrables reprises, salué comme interprétation de référence, il a joué deux fois la première page avant de retrouver la modulation qui lui permettait d'enchaîner la suite.

Des pièces brèves, lyriques, enflammées, d'une effroyable difficulté technique. De ces morceaux pyrotechniques qui déchaînent les applaudissements redoublés et les bravos qui jaillissent de partout, à peine la dernière note posée. Il les maîtrise depuis tant d'années. Virtuosité et intériorité, la réunion des contraires, le grand écart, la technique qui se fait oublier, et la musique qui émerge, comme si elle venait d'être composée à l'instant. Couleurs, émotion, expressivité, simplicité, flamboyance quand il le faut. Et l'humilité de l'artiste qui sait qu'il remet tout en jeu chaque fois. C'est ce qu'on pouvait lire sur lui dans la presse ou sur Internet.

Et puis ces arpèges, aux deux mains, qui balaient le clavier en tous sens comme des bourrasques. Pas aussi nets qu'à l'accoutumée, pas aussi brillants, limpides, et ces montées en octaves, aux deux mains, aussi, elles manquaient de puissance ce soir, c'est certain.

À Osaka, au Festival Hall, la semaine dernière, il avait déjà cru le constater. Il avait attribué cela au mauvais réglage du piano, les touches trop dures, un retour pas assez rapide dans les triples et quadruples croches, dans les trilles, malgré ses demandes, malgré les efforts des deux accordeurs qui s'étaient succédé jusqu'à la dernière minute, et puis la fatigue, le décalage horaire, la chambre d'hôtel trop climatisée. Puis Prague, à la salle Smetana, il y a quatre mois. Le dernier mouvement de cette sonate de Beethoven, *La Tempête*. Là aussi, terrain connu. Ce blanc de quelques trop longues secondes après le mouvement lent. L'enchaînement qui ne vient pas. Rien à faire. Il avait senti une rumeur dans la salle. Pas encore les murmures, mais les corps qui s'agitent, les pieds qui bougent sous les fauteuils, alors qu'à l'ordinaire, tout est suspendu. Et les notes avaient ressurgi de ses doigts, comme si elles décidaient seules de leur apparition ou de leur disparition.

Mais ce soir. Cette salle parisienne où il a joué des dizaines de fois. C'est chez lui.

Après l'entracte, dans la seconde partie, il a eu quelques sueurs. La *Wanderer Fantasie* de Schubert, l'une de ses pièces fétiches, dont chaque note est inscrite en lui depuis plus d'un demi-siècle. Schubert, le compagnon, le frère. Pas lui. Ne m'abandonne pas. Qu'est-ce qui a lâché ?

Ce trou vers la fin, dans les ultimes envolées, il a escamoté presque une page entière et enfoui le reste dans des flots de pédale, et ses doigts ont tremblé, à peine, mais quand même, dans les pianissimi. On s'en sera aperçu. C'est un public exigeant, prêt à s'enflammer et prompt à la critique. Attentifs et sans pitié, ces gens connaissent la partition aussi bien que lui. Dans les premiers rangs, il a aperçu deux journalistes, des *références* aussi, dans leur genre. Chroniques en presse écrite, hebdos et quotidiens, blogs, émissions de radio, des stars du métier. Ils se connaissent depuis des dizaines d'années, ils se croisent dans tous les festivals, se retrouvent au petit-déjeuner dans les mêmes hôtels. Ils ne sont pas venus le saluer dans sa loge après le concert. Gêne ? Pitié ?

Rentré chez lui, il a gardé son costume noir, son armure, il a simplement ouvert le col de sa chemise blanche et enlevé sa cravate. Il a décliné le dîner d'après-concert avec son agent et le petit groupe de proches habituels, prétextant une fatigue soudaine, tentant de plaisanter, encore. *Osaka, le contrecoup, c'était éreintant, trop de sollicitations, d'interviews. Je n'en peux plus, ces Japonais sont insatiables, ils m'épuisent !*

Il s'est servi un whisky. Sec, comme il l'aime. Davantage pour le parfum, âpre, puissant, que pour le goût. Il se lève et s'approche de la baie vitrée qui surplombe la Seine. Cette sensation d'espace, d'ouverture, d'immersion. Il y a presque trente ans, et il ne s'en lasse pas. Le fleuve, les quais, les lumières, les passants.

À quelques pas, derrière lui, son Steinway. Pour la première fois, il ne lui a pas jeté un regard en rentrant. Il est là, tapi, noir dans le noir, comme une menace.

Il s'aperçoit qu'il a oublié son imperméable dans le VTC, ça l'ennuie un peu. Pas pour le vêtement, le chauffeur le connaît, il le ramènera demain à son agent, pas grave. Pour l'oubli. Agaçant, quand même.

La Seine brille en contrebas. Il se souvient de cet enthousiasme, cette excitation lorsque l'agent immobilier le lui avait fait visiter. Avant la fin de la visite, il avait dit je le prends. Il avait trouvé son foyer, enfin. Avec John, ils y ont été heureux, jusqu'à la mort de celui-ci. Ses cendres sont là, dans une urne ventrue en porcelaine chinoise blanc et bleu, sur une des étagères de la bibliothèque, près de leurs livres préférés. Rilke, Zweig, Apollinaire. Parfois, il laisse glisser un doigt sur la porcelaine, ferme les yeux un instant. Il est resté seul ensuite.

Il pose son verre sur le piano et étend ses bras, en croix, à hauteur des épaules, contre la vitre. La décision vient de se prendre là, en lui, malgré lui, mais elle est là. En quelques instants, la certitude. Il reste là longtemps, crucifié, et très lentement, de grosses larmes coulent le long de ses joues ridées.

C'était son dernier concert. Il n'y en aura plus d'autres. Demain, il appellera son agent.

la nuit amère, la nuit comme un gouffre, la nuit consolation,

Elle ne peut se détacher de la vitre. Elle n'a pas osé ouvrir, malgré la chaleur. Peur de faire du bruit, d'attirer leur attention et de les faire fuir, comme des chats craintifs, comme des oiseaux.

Ils sortent du café d'en face, ils sont presque les derniers, seules deux ou trois tables paraissent encore occupées à l'intérieur, la terrasse s'est vidée.

Ils ont fait quelques pas sur le trottoir, sans hâte, serrés l'un contre l'autre. Ils ont attendu de sortir du halo du café.

Elle porte une jupe courte, en tissu foncé, qui fait paraître ses jambes très blanches. Lui porte un pantalon en toile et un tee-shirt noirs, et ce sont ses bras qui paraissent très clairs. Ils s'arrêtent, se tournent l'un vers l'autre, avec lenteur, avec une infinie lenteur, comme s'ils pivotaient juste sur leurs pieds, au ralenti, et ils s'embrassent.

Ses bras forment un cercle blanc autour de ses épaules, et à côté d'eux, rien d'autre que l'obscurité sur ce trottoir désert.

Derrière la fenêtre, elle n'a pas bougé. Elle a envie d'ouvrir, de respirer l'air tiède, mais elle attend, elle les regarde encore.

Elle pense à cette chanson, *les enfants qui s'aiment s'embrassent debout devant les portes de la nuit*, elle pense aux mots de Prévert, elle se dit qu'ils sont là, les enfants qui s'aiment. Elle ne voit pas leurs visages, mais elle devine qu'ils sont beaux. On est toujours beau quand un visage amoureux se penche sur soi. Elle les regarde avec douceur, comme si son propre regard les protégeait. Ils sont seuls, ils sont nus dans l'immensité de leur joie.

Elle croise les bras autour de ses épaules, du bout des doigts elle effleure son cou et elle frissonne. Quand, la dernière fois ?

Elle soupire, relève la tête et regarde par la fenêtre. Ils sont partis.

la nuit je voudrais dormir près de toi,

Me voici en bas de l'immeuble. C'est plus fort que moi, rien d'autre à faire que de céder à ce nord magnétique, à cette aimantation de mes pas ; ils me ramènent là, malgré toutes mes résolutions. Il y a celles du matin, prises au réveil, dans le bleu de l'aube, celles du jour plein où la raison tente de reprendre le dessus, où la journée à traverser exige que l'on se tienne droit, que l'on vive loin des brumes, loin des pénombres du cœur, loin des poids invisibles accrochés aux chevilles. Puis vient la nuit.

Alors je reviens comme un animal en maraude, sentir, tourner, chercher des traces, vérifier que mes souvenirs ont bien été vécus avant de glisser dans un froissement de mémoire, qu'ils ont été de chair, de sang, de rires, d'instants incrustés dans le vivant et non d'images flottantes comme l'ombre d'Eurydice, celle qui appelle et meurt une fois encore. Vérifier que la vie a été là, pour de bon, pour de vrai, accrochée dans cet espace, qu'elle s'est nourrie de cet air, qu'elle est passée là, devant cette vitrine, devant cet arbre dont elle a guetté les nouvelles feuilles chaque printemps, qu'elle a marché sur ce trottoir, pianoté sur ce digicode et appelé cet ascenseur, repoussé sa grille, avancé sur ce palier et sorti sa clé en annonçant dès le seuil franchi, sac, chaussures et manteau jetés sur le fauteuil de l'entrée, *c'est moi !*

C'est ici. Vu d'en bas, le dessin chantourné d'un garde-corps en fer forgé s'incruste sur le voilage d'une fenêtre d'appartement, l'air qui s'insinue à travers l'ouverture le fait osciller comme un drapeau paresseux. Il y imprime des courbes et des manières de feuillages, on dirait une branche que l'on aurait contrainte à s'assouplir, à s'arrondir pour créer des volutes, des enroulements, des sinuosités, de ces ornements qui donnent aux lieux qui ont vécu une sorte de séduction altière et défraîchie.

Non, je n'entrerai pas. Le code a changé, mais je pourrais attendre que quelqu'un sorte de l'immeuble, ou y rentre, et me glisser à sa suite d'un pas décidé avec un *merci* glissé d'un ton des plus naturels, avec cette indifférence courtoise de voisins qui s'offrent un signe de tête lorsqu'ils se croisent dans les parties communes. Je pourrais prendre l'escalier et sentir chacun de mes pas me rapprocher de l'appartement du deuxième étage, porte de gauche.

Non, je ne vais pas faire ça, monter, regarder la porte en bois laqué bleu marine et le paillasson, puis repartir comme je suis venue, en laissant ma main glisser le long de la rampe et en comptant comme d'habitude le nombre de marches. C'est inutile, il y en a vingt-et-une, je le sais, ça n'a pas pu changer.

De la rue, postée au bord du canal, je vois l'appartement. La fenêtre est allumée, c'est celle du séjour. Celle de la chambre est située derrière, elle s'ouvre sur une petite cour pavée, avec un peu de verdure éparpillée dans des pots en terre cuite, il y a un massif au milieu, quelques troènes maigrelets, un pommier du Japon dont les tiges montent en flèches. J'aimais cette végétation de bric et de broc, sans façons, qui pousse avec distraction ; pour Noël, le gardien installait un sapin, avec des guirlandes lumineuses clignotantes et une étoile perchée de travers tout en haut. Les rideaux de notre chambre absorbaient les minuscules clignotements de couleur, cela rythmait l'année, comme les floraisons du printemps ou les rires, dehors, tard dans la nuit en été.

C'est la fenêtre du séjour que je guette. Le mur de droite. Lorsque j'avais dû quitter et vider l'appartement, elles étaient apparues. Les traces. Trois rectangles foncés de taille identique, qui se dessinaient sur le mur éclairci par la lumière du jour, par les années. L'emplacement de trois cadres, trois chromos napolitains que nous avions achetés ensemble. Trois gravures aquarellées, sans grande valeur, façon XVIIIe, montrant l'orbe de la baie de Naples et les deux bosses d'un Vésuve assoupi dans les lointains, un inoffensif nuage de vapeur posé juste au-dessus, enfantin et joufflu, avec un pin parasol au premier plan, des barques de pêcheurs ou de minuscules silhouettes esquissant les pas d'une tarentelle au son d'un tambourin.

Elles m'avaient plu dans leur grâce un peu kitsch, dans leur évocation naïve d'un paradis, d'une Arcadie à laquelle on voudrait croire, malgré tout.

Nous venions d'emménager sur le canal, ce deux-pièces où nous allions rester toutes ces années, les murs étaient encore nus, nous n'avions aucune hâte de les saturer d'images, mais ces trois gravures m'avaient fait envie.

Ailleurs, je ne les aurais pas remarquées, je n'ai ni temps, ni goût, ni argent pour les brocantes et les antiquaires, mais je voulais revenir avec quelque chose qui nous rappellerait ces jours étonnés et heureux que nous passions au pied du Vésuve, dans cette ville qui allait devenir notre refuge dès que nous le pourrions.

Et puis cette librairie. *Libreria Dante & Descartes. Libri perduti e ritrovati.* Comment résister à une telle enseigne ? Nous l'avions découverte au hasard des rues et y avions passé du temps parmi les piles instables, les tables chargées de revues, les murs tendus de vieilles gravures et d'affiches de cinéma, les chaises dépareillées et les fauteuils à l'assise fatiguée offerts au visiteur.

Nous reprenions notre souffle dans cette ville qui court, crie, s'époumone, klaxonne, bouscule, enivre, étourdit, épuise. Elle nous avait conquis. Malgré la violence, la corruption, la pauvreté. Tout ça n'a rien de pittoresque, c'est une réalité. Mais Naples est la seule ville où j'ai entendu chanter, dans la rue, au restaurant. Pour rien. Comme ça. Pour le plaisir d'être au monde.

Partout la mort se rappelait à nous, et nous, nous étions bien vivants. Elle se trouvait dans les catacombes, les ossuaires, les crânes de bronze, de pierre, de marbre, les vanités à tous les coins de rue, les affiches d'obsèques, tels des palimpsestes, que le temps lacère avant qu'elles ne soient recouvertes par d'autres, les autels de rue bricolés dans les niches en pierre, fleurs fanées, séchées ou en plastique, vierges en plâtre ou en plastique bleu ciel et blanc, ex-voto, guirlandes lumineuses et petits crânes décoratifs. On y trouve aussi des photos du pape et de Maradona.

Ici, on prend soin des âmes du purgatoire, ces âmes en attente depuis des années, alors on les *rafraîchit*, on leur porte des fleurs, on les soigne, on leur parle. On les aide à prendre leur mal en patience. En échange, elles vous protègent, et si elles sont bien disposées, elles vous glisseront peut-être dans votre sommeil les numéros gagnants du loto, ou le score du prochain match du SSC Napoli contre la Juve ou l'AC Milan.

Nous avions aimé cette ville belle et folle aux dentelles déchirées, aux emportements imprévisibles, qui jette les meubles dans la rue au *capodanno*, dans le bruit des pétards et des feux d'artifice, qui vit au-dessous du volcan. Vite. Intense. Morts demain. À l'image de notre histoire.

Et puis il y avait eu cette toile que nous avions traquée à travers les rues, l'un des trois Caravage de Naples. Dans une petite salle secrète au fond d'un palazzo qui héberge une galerie de peinture et une banque, laquelle en est propriétaire – à Naples, tout est possible –, elle nous attendait. *Le Martyre de sainte Ursule* envahit tout, emporte tout. Elle est là, à quelques dizaines de centimètres de nous, la flèche plantée dans le sternum, les mains posées autour de la blessure, le regard sur son ventre, sur la brèche encore invisible d'où vont surgir le sang et la mort, elle garde une incrédulité sur le visage. Les reflets d'acier sur les armures des bourreaux, et cette main qui semble vouloir surgir de la toile, arrêter le geste fatal. Remords ? Nous étions restés un temps infini, sans mots.

Dehors, nous avions retrouvé la vie bruyante, les vendeurs de lunettes de soleil et de coques de téléphone, les minuscules boutiques de tout et de rien, épiceries-bazars-drogueries, marchands de figurines de crèches, de porte-clés et de souvenirs fabriqués en Chine, les cafés-couloirs avec leurs publicités criardes du *Calcio* qui se reflètent sur l'aluminium du comptoir, où l'on ne s'assied pas ; on avale son *espresso* en deux gorgées et l'on ressort.

Nous avions marché, longuement, inscrivant nos pas dans l'histoire d'une ville qui nous avait envahis, dévorés. Adoptés. Un soir, en regagnant notre chambre, pressés par le désir, par l'urgence de répondre à l'appel de la danse sauvage des corps, c'est le visage de sainte Ursule que nous avions cru reconnaître dans les traits de la jeune vendeuse de glaces à l'angle de la *via* Foria et de la Porte de San Gennaro. Et peut-être était-ce la vérité. À Naples, tout est possible.

Je suis en bas, immobile, les images accourent, déferlent, et les passants s'écartent pour ne pas me bousculer. Les eaux du canal sont noires, immobiles, traversées par les reflets des passerelles métalliques et des réverbères. Je guette ce pan de mur au deuxième étage, en tentant de resituer l'emplacement de nos trois chromos, ultimes traces de notre histoire avant que les nouveaux occupants ne les recouvrent de peinture pour offrir une nouvelle innocence à ce lieu, mais qu'importe, je sais qu'elles sont là, qu'elles palpitent dans l'épaisseur du mur et qu'elles y demeureront tant que j'aurai la force de m'en souvenir.

Je devine les trois rectangles laissés par les cadres décrochés. Nos traces. Je veux m'assurer que nous avons vécu ici, heureux. M'assurer qu'il reste quelques marques, quelques empreintes de notre histoire. Alors, je viens rôder là quand le sommeil m'évite. Les heures profondes de la nuit sont aussi les premières du matin, un matin qui s'ignore et n'a rien à dire au jour, un matin enveloppé de ses ténèbres comme dans un manteau d'hiver.

la nuit chambre d’hôpital les draps blancs la main tenue,

Elle ira les rejoindre. Tout à l'heure. Dans un moment. Bien sûr qu'elle ira les rejoindre. Elle est venue à cette fête d'anniversaire pour les retrouver. Sa bande. Sa famille. Son point fixe. Pour la plupart, ils se connaissent depuis le lycée. Elle va leur annoncer la nouvelle. Hier matin, elle a passé l'audition. Morte de peur mais déterminée à donner tout ce qu'elle avait. Elle a attendu dans les coulisses poussiéreuses, dans les couloirs déserts du théâtre. À l'accueil, on a coché son nom et on lui a désigné une chaise, près des autres comédiennes, ses concurrentes. Les voix des auditionnées lui parvenaient assourdies à travers le rideau, elle s'efforçait de ne pas les entendre. Elle voulait ne penser qu'à sa scène, qu'aux mots qu'elle allait lancer, à ses jambes, à ses épaules, à son corps qui allait la porter pendant qu'elle parlerait.

Lorsqu'on a appelé son nom, elle s'est levée d'un bond et s'est efforcée de marcher calmement jusqu'à l'ouverture pratiquée dans le rideau noir. Clémence Perrot ? Bonjour. On vous écoute. Quand vous voulez. Elle les a regardés, à peine, installés sur deux rangs, dans le premier tiers de la salle. Et puis elle s'est lancée. Ça venait de loin, ces mots, de chaque cellule de son corps, de sa nuque, de ses hanches, du bout de ses doigts. Elle a fini. Il y a eu quelques secondes de silence. Ils l'ont remerciée, la femme sur sa droite notait quelque chose sur un bloc. Elle s'est emmêlée dans le rideau en quittant la scène. Une autre jeune fille attendait déjà pour entrer. Elle a repris ses affaires, elle avait froid, elle ne savait pas où aller, pas envie de rentrer chez elle, d'attendre, de se rejouer cent fois cette audition, de se dire que, peut-être, là, l'intonation, là, ce geste, il aurait peut-être fallu.

Elle est entrée dans l'appartement et elle les a embrassés, elle a déposé à la cuisine une bouteille de vodka et un assortiment de samoussas achetés chez l'Indien à l'angle, Plaisirs du Pendjab ou quelque chose dans ce genre, elle a dit j'arrive, une seconde. Elle le connaît, cet appartement, c'est celui des parents de celui dont on fête l'anniversaire. Elle y a révisé l'oral du bac. Elle traverse le salon et se dirige vers la petite chambre du fond. Il lui faut un peu de temps. Elle se dirige vers la fenêtre et regarde dehors. Le brouhaha de la fête lui arrive estompé, une rumeur sourde, avec des éclats soudains. Le rire d'Amandine, le rire plus aigu de Silvia, la voix d'Aurélien. Elle sort son téléphone de sa poche et relit le message reçu une heure plus tôt. C'est elle qui sera Ismène. Elle a eu envie de hurler sa joie en le lisant, mais pas un son n'est sorti de sa gorge. Les répétitions commencent la semaine prochaine. En juillet, Avignon.

Elle va les rejoindre et leur annoncer la nouvelle. Ils vont l'embrasser, crier et rire et boire, et elle criera et rira et boira avec eux. Tout à l'heure.

Elle ouvre la fenêtre. L'air est doux, elle respire, ferme les yeux. Elle entend sa voix.

J'ai bien pensé toute la nuit.

Elle ouvre les yeux et regarde la nuit. Il est là, son quatrième mur.

Alors, elle sera Ismène, celle qui a peur. La grande sœur effrayée et raisonnable.

Nous ne pouvons pas.

Ça lui plaît d'être Ismène. Moins glorieux, moins impressionnant que le rôle d'Antigone. Tellement humain pourtant.

Il nous ferait mourir.

Elle trouve ça normal d'avoir peur. De craindre pour sa vie, pour celle de ses proches. Elle trouve ça difficile d'être une héroïne, une silhouette droite et pure drapée dans sa décision, enivrée de son courage.

Moi, tu sais, je ne suis pas très courageuse.

Elle se dit que personne n'est si courageux, finalement. Elle pense aux femmes qui se dressent contre le pouvoir, contre toutes les oppressions, les violences, les interdictions de vivre partout dans le monde, aux femmes qui ont peur et qui se dressent quand même. Ismène, Antigone, les deux faces d'une figure unique peut-être.

Il est plus fort que nous, Antigone. Il est le roi.

Son rôle est de servir le choix d'Antigone. Celle qui ose. Alors, elle trouve ça bien, d'être au service de. D'être la voix de la peur, de l'obéissance, d'être la voix en creux, le terreau qui permettra à l'audace, à la force d'émerger.

Elle entend sa voix face à la nuit. Ismène ne sera pas sauvée. La peur ne résout rien.

Tu es folle.

Oui, Antigone est folle. Folle de justice. Folle de liberté.

Elle entend sa voix qui lance ses mots à la nuit. Un jour, plus tard, elle sera Antigone. Aujourd'hui, elle est Ismène et elle est heureuse.

Elle referme la fenêtre. Que la fête commence.

la nuit enlace-moi, la nuit promenade,

Ce sera donc celle-ci, leur dernière chambre. Pour quelques heures encore, la nuit peut-être. C'est ce qu'ont dit les médecins. Il n'est pas souhaitable que cela se prolonge. Pour personne. Il regarde ses bras tellement maigres sous le drap jaune pâle des hôpitaux de l'Assistance publique, il regarde son visage creusé, déjà cireux, les os saillants, les cheveux collés. Depuis deux jours il tient sa main, il n'a pas dormi.

Tout à l'heure, l'une des infirmières du service, l'une de celles qu'il croise depuis ces longues semaines, lui a apporté un thé, très chaud, très sucré, avec trois biscuits dans un sachet de papier transparent. Il faut prendre quelque chose, monsieur Girard, vous n'avez rien mangé depuis hier, j'en suis sûre. Elle n'a pas le temps de s'attarder davantage, déjà elle a filé.

Ce sera donc celui-ci, le lit de leurs adieux. Il fixe les montants métalliques laqués blancs, les moniteurs installés sur les petites tables roulantes, la rampe de néon au-dessus de la tête, le bouton d'appel, la microscopique table de chevet, avec la boîte de kleenex et une paire de lunettes posées dessus. Il se dit qu'on part dans le dénuement, comme on est arrivé.

Il garde la main de sa femme dans la sienne, tente d'en percevoir les ultimes frémissements, l'ultime chaleur. Elle a fermé les yeux, un très faible sourire étend ses lèvres pâles. Il ne sait pas si elle souffre. Quand elle ouvre les yeux, et c'est rare maintenant, il est transpercé. Il la reconnaît à peine, tant la maladie a raviné les chairs, et là, dans ce sourire, dans cette esquisse de sourire, c'est elle, telle qu'il l'a aimée. Il caresse son avant-bras d'un geste doux et régulier, prononce quelques mots, lisse le drap, écarte une mèche de cheveux, humecte ses lèvres avec un kleenex mouillé.

C'est le cœur de la nuit. L'hôpital vit au ralenti, un état de veille active, avec ce silence particulier tout autour d'eux. Il voit leur double reflet dans la vitre dont le store a été descendu, la poignée pend le long de l'huisserie métallique. La scène qui se joue dans ce reflet, c'est celle de sa fin de vie à elle, de la fin de leur histoire, de leur histoire d'un demi-siècle de joies et de chagrins, d'humeurs, d'incompréhensions, de complicités, il se dit que c'est la fin pour lui aussi. La barre de néon se dédouble dans la vitre, comme les lignes parallèles des montants du lit et la silhouette émaciée qui y est allongée, le fauteuil en skaï bleu dans lequel il est assis depuis deux jours, sans dormir. Il se dit qu'il aura tout le reste de sa vie pour se reposer.

C'est donc celle-ci, la dernière image de leur histoire. Il se rapproche encore d'elle, le plus possible, il tient ses deux mains et continue à lui parler. Tant qu'il restera un souffle de vie, il ne lâchera pas ses mains et il lui parlera. Rien d'autre ne compte. C'est leur dernière étreinte.

la nuit les quais, la nuit en noir et blanc & bandonéon nostalgique,

Au moment de partir, elle avait râlé. Les vacances en famille, non, merci. *Partez sans moi, je reste*. Ils l'avaient regardée avec étonnement, puis avec amusement. *Léa, tu as quatorze ans. Tu crois peut-être qu'on va te laisser toute seule à la maison ? Allez, dépêche-toi de préparer tes affaires. Dans une heure on est partis.*

Soupirs et raclements de pied. Accablée, Léa. Cette vieille baraque de bord de mer, avec sa déco de vieux et ses portes qui grincent, avec cette odeur d'humidité même en plein mois d'août, elle se dit que non, vraiment.

Et puis elle a dû monter en voiture. Elle ricane. Trop le cliché, la petite famille, la voiture quatre portes, le chien. C'est nul. Elle s'est abritée pendant tout le trajet derrière la masse de ses cheveux noirs, la fine bretelle de son top en coton descendue sur l'épaule, le nez sur l'écran de son téléphone. C'est nul, ces vacances.

Elle a retrouvé sa chambre attitrée, ampoules vacillantes et sable de l'an dernier crissant sous les sandales, elle a jeté son sac dans un coin et s'est assise sur le lit d'enfant qui l'attendait. Avec l'oreiller, avec un vieux coussin poisseux qui la dégoûte vaguement, elle s'est arrangé un campement.

Léa, s'il te plaît, tu descendras mettre la table ? C'en est trop. Pourquoi toujours moi ? Penchée sur son téléphone, elle n'a pas vu la nuit tomber. Tant mieux. Déjà une journée pourrie de passée. En repensant qu'elle est là pour trois semaines, elle a envie de pleurer, de donner des coups de pied dans les portes, dans les gens, partout.

Elle lève un œil vers la fenêtre, huisseries bleu bateau repeintes il y a deux ans par son père. Son chef-d'œuvre de l'été. *Franchement, ça se méritait ! C'est plus sympa comme ça, non ?* Il en a parlé pendant trois jours.

Léa, la couleur des portes, des fenêtres ou des volets, elle s'en fout. Là, tout de suite, elle a froid. On se gèle ici, même au milieu de l'été. Le soir, en bord de mer, après le coucher du soleil, la fraîcheur tombe, on sait ça. Alors, dans une maison qui est restée fermée depuis les vacances de Pâques, pensez donc… Elle attrape son sweat gris à capuche dans son sac, le truc trop grand et informe qu'elle trimbale partout, elle jette ses sandales et ramène la couverture sur ses jambes.

Son écran s'allume. Il est en ligne. Heureusement, il est là, lui. La vie continue. Sa fenêtre à elle, elle est là, entre ses doigts aux ongles rongés et au vernis rose écaillé, eux deux en fond d'écran, un selfie pris dans la rue, un matin de soleil devant le collège.

Ses yeux bondissent sur le minuscule clavier. Je t'aime Léa. Je t'aime. Je t'aime. Je t'aime. Le mot est un vertige. Il faut le pétrir, le rouler, le malaxer, l'épuiser. Elle envoie des photos de la chambre, des commentaires, des émojis d'horreur et de dégoût.

Ils parlent. Elle le voudrait près d'elle, elle voudrait être près de lui. Trois semaines. L'enfer. Elle ne sait pas comment elle va survivre. Lui aussi est en vacances avec sa famille, enfin avec sa mère et son frère, son père ne les prend plus depuis longtemps. Pas plus mal, finalement.

Ils vont compter les jours, ils vont tout se raconter. Elle se dit qu'il va un jour lui demander des photos d'elle. Enfin, certaines photos. Elle en a déjà parlé avec ses amies, l'une d'elles a eu un gros souci avec ça, elle a changé de collège à la rentrée dernière, même ça, ça n'a pas tout réglé, elles se voient moins mais elles se parlent de temps en temps par messagerie. Bien abîmée avec cette histoire, Chloé. Elle sait qu'il faut dire non, mais avec Lucas, elle ne risque rien. Il l'aime, et elle aussi l'aime, alors, où est le problème ? Elle verra bien. Pour l'heure ils discutent, elle n'a pas allumé la lampe de chevet fatiguée à côté d'elle, abat-jour de travers autrefois blanc, les encadrements de fenêtre bleu bateau se sont fondus avec le reste, seul le rectangle de son téléphone éclaire la chambre. Il abrite le monde, son monde, son amoureux. La mer, elle s'en fout, de toute façon l'eau est trop froide ici. Et puis le club de voile, merci, mais c'est trop tôt le matin, et elle se trouve moche dans cette combinaison en néoprène noir qui lui cisaille les cuisses. Déjà, l'an dernier, elle était trop juste.

Léa, on passe à table, tu viens ?

Elle sursaute. Elle était loin. Elle lui dit il faut que je descende. C'est l'heure de la soupe. Émoji horrifié suivi d'un émoji hilare, larme à l'œil. À plus.

À tâtons elle enfile ses sandales. Glisse un élastique dans ses cheveux. Descend le plus lentement possible en laissant son pied arrière traîner sur chaque marche.

De toute façon. Ils ne savent pas ce que c'est, ils n'ont jamais vécu ça de leur vie, ils ne peuvent pas comprendre. Trop nulles, ces vacances.

Une vibration dans la poche arrière de son jean. Encore un message. Je t'aime Léa. Je t'aime. Et ce cœur rouge, rubis, coquelicot, énorme, qui pulse comme s'il allait sortir de l'écran.

Léa, à table, en famille, radieuse.

la nuit déchirure, la nuit errante, la nuit qui appelle,

À son retour, il s'est installé dans la petite maison que lui ont laissée ses parents. Une meulière défraîchie au bout d'une rue terne, après un long trajet en RER. Tout ce qu'il a évité toute sa vie. La maison de l'enfance. Mais où aller, maintenant ? Vingt ans d'avions, d'hôtels, de campements, de voitures défoncées et de camions bâchés au petit matin, dans le froid. Courir le monde avec ses appareils photo. Montrer. Témoigner. La mort offerte sur papier glacé, à déguster en terrasse ou chez le coiffeur. Personne ne l'a forcé, c'était son choix. Adrénaline et tout le bazar. Le héros ténébreux harnaché de Nikon. Et puis le reportage de trop, la scène de trop, où il n'a pas pu déclencher. D'autres l'ont fait. *Tu vieillis, mon gars. Je n'ai pas pu.* C'est tout ce qu'il peut en dire. Pourtant, il en a vu d'autres, toujours le premier sur la brèche, le cœur et l'estomac bien accrochés. Un sacré pro, c'est ce qu'on dit de lui. Café, cigarettes pour avancer dans la journée, un alcool fort le soir, parfois une présence dans son lit. De la peau vibrante, chaude, pour oublier les chairs mortes capturées dans son boîtier.

Dans l'avion du retour, c'était clair pour lui. Arrêter. Arrêter le métier avant que les cauchemars ne le dévorent tout cru. Se mettre au vert. Il fera autre chose. Il verra. Peut-être va-t-il s'ennuyer, sûrement même. Côté finances, il a de quoi tenir un moment, on ne dépense rien avec cette vie nomade, pas le temps.

À la rédaction, ils ont refusé sa démission. Prends ton temps, repose-toi, on en reparle. On te laisse pas tomber. Il ne s'attendait pas à ça, plutôt *old school* comme attitude, surtout de la part d'une DRH habituée à licencier comme on va chercher sa baguette.

Il a claqué la porte de son studio et s'est embarqué dans le RER, sac à l'épaule, un peu de linge, des livres, son matériel.

Le voilà collé à la fenêtre du séjour, dans le pavillon aux pièces exiguës et au décor fané. Il a aéré, trouvé des draps, des couvertures, fait son lit dans son ancienne chambre d'enfant, drôles de sensations, mais le lit de ses parents, ça, non, pas question. Rempli le frigo qu'il a remis en marche et qui ronronne comme un chat repu.

Il faudra faire des travaux s'il veut s'installer là. Tout a vieilli. Il remarque des traces d'humidité au plafond, les plinthes qui se décollent. Ou alors vendre, il ne sait pas pour le moment, à dire vrai il ne s'est pas posé la question. Pas d'urgence. Fils unique. Presque.

Les armoires, les placards sont vides, il s'en était occupé au décès de son père. Les robes de sa mère, ses affaires dans la salle de bains que son père n'avait pas touchées, et les costumes, les cravates, trop de présence, trop d'absence. Il avait fait des sacs qu'il avait portés chez Emmaüs, plusieurs allers-retours avec sa voiture de l'époque. *Si je ne le fais pas tout de suite, je ne le ferai jamais*. Alors il avait tout embarqué, en évitant de s'arrêter trop longuement sur une jupe ou un foulard, sur la robe bleue rayée au col blanc qui dormait encore là, près de toutes les autres.

Dès le lendemain de son arrivée, il a déplacé la table du séjour, celle des repas du dimanche, en merisier verni, que sa mère protégeait d'une épaisseur de molleton et d'une nappe imprimée de tournesols. Il l'a approchée de la fenêtre, pas trop près non plus, il faut un peu de recul. Il a posé son appareil photo dessus, face à la fenêtre, choisi une focale un peu serrée, il a ajusté le cadrage, l'éclairage, choisi une vitesse lente.

La même photo. Jour, nuit. Il en a déjà des dizaines. Parfois il déplace légèrement l'objectif, modifie l'éclairage, la vitesse de déclenchement. La nuit, le jour, la nuit encore. De toute façon il dort peu.

Il a tout saisi dans le cadre, le papier peint aux guirlandes verticales de fleurettes roses et beiges, aujourd'hui décolorées, les rideaux qui s'écrasent au sol, l'espace découpé en deux carrés et deux rectangles par la fenêtre, la poignée difficile à tourner. En arrière-plan, un peu flou, le jardin.

Parfois il change, arrière-plan net, fenêtre floue.

Une bande étroite s'étend à l'arrière de la maison, une petite friche aujourd'hui. Il est très peu revenu, sauf en coup de vent entre deux reportages, embrasser ses parents, quand même, puis son père resté seul. Bon fils, mauvais fils. Dépend des jours. Cette maison, il s'en est éloigné dès qu'il a pu.

Il s'approche de nouveau de la fenêtre, interroge la nuit. On y voit peu, mais c'est net, le jardin est vide. C'est de cette fenêtre ouverte, un jour d'été, qu'il avait crié à son frère, gigotant debout sur la balançoire, *allez, vas-y, plus haut, mais vas-y, espèce de chochotte !* Il était allé plus haut, le gamin, presque à la verticale. Et tout en haut, soudain, il avait lâché les cordes. Lui était resté tétanisé à la fenêtre pendant que sa mère accourait. La robe bleue rayée qui traverse le jardin. Son cri. Plus rien à faire.

Il avait fallu continuer à vivre, tous les trois, plus ou moins. Après, il avait rempli les trous de l'absence avec le sérieux, avec l'obstination d'un enfant qui vide la mer avec son seau de plage, une histoire de Danaïdes, de jamais fini, de toujours recommencé, les pas sur le fil et les bras en balancier.

Son petit frère, six ans pour toujours, il le voit encore, dans ce mouvement de va-et-vient qui l'emporte toujours plus haut, toujours plus loin du portique en métal vert foncé que son père avait déboulonné quelques jours après le drame.

Parfois les fantômes nous rendent visite. Il attend.

la nuit vivante, la nuit ce bar où elle porte une robe claire, et son rire son rire,

Ils sont arrivés tard à la chambre réservée quelques semaines auparavant, mais il fait encore jour, ce sont les longues journées de l'été, la chaleur est encore pesante. À peine descendue de voiture, à peine son sac jeté sur le lit, elle en a sorti son maillot et elle lui a lancé *je vais me baigner, tu me rejoins ?* Il lui a dit *tout à l'heure, j'arrive*. Il la laisse filer à la piscine et commence à sortir ses affaires. Il a conduit pendant tout le trajet, et entre la chaleur extérieure et la climatisation de la voiture, un début de migraine l'a saisi. Elle a à peine regardé la chambre ; par la fenêtre il la voit arriver à la piscine, il fait presque nuit maintenant. Elle porte un short blanc et une chemise en jean, il voit la tache claire du tissu qui se détache sur les arbres du jardin. Hôtel de charme. C'est elle qui avait trouvé l'adresse sur Internet, en pleine Bourgogne, au milieu des vignobles. Belle propriété, mais rien d'écrasant. Nombreux commentaires enthousiastes, prix raisonnable. *Ça te dit ?*

Il la suit du regard par la fenêtre qu'il a ouverte en grand pour aérer la chambre. Elle a posé sa serviette sur un transat, puis ses vêtements ; il la voit tester du bout du pied la température de l'eau, se doucher rapidement.

Elle s'assied sur le rebord et se laisse glisser ; en quelques mouvements de crawl, elle a rejoint le bord opposé, avant de multiplier les allers-retours. Il la regarde nager, un crawl lent et silencieux, efficace, pas de battements de pieds inutiles, pas d'éclaboussures. On dirait une démonstration de maître-nageur, légère torsion du corps pour dégager l'épaule, tout dans les bras, un simple mouvement de pieds pour équilibrer le corps, rien de plus. Il remarque que son geste pour ramener le bras gauche est plus rapide que celui du bras droit, qui reste comme un instant suspendu dans l'air, une fraction de seconde supplémentaire avant d'aller chercher l'eau loin devant elle. Il se dit que, tous les deux, ils sont à l'image de cet infime temps suspendu, à la fois dans le mouvement et en apesanteur.

Après quelques longueurs, elle s'arrête, appuie ses coudes sur le rebord du bassin, reprend son souffle et regarde vers la chambre. Elle le devine à la fenêtre. Un signe de la main, une invitation. *Tu viens ?*

Non, l'eau ne le tente pas maintenant. Il s'attarde un moment à découvrir la chambre. Haute de plafond, une cheminée en marbre surmontée de son miroir en bois doré. Il sourit de ce décor précieux qui ne leur ressemble guère. Son regard tombe sur les doubles rideaux qu'il a écartés pour ouvrir la fenêtre. Sur un fond gris clair, des motifs rouge cerise montrent des jeunes femmes en robes à paniers qui font de la balançoire ou traversent avec précaution de minuscules ponts de bois en se protégeant de leur ombrelle. De jeunes messieurs en chapeaux leur murmurent des mots galants à l'ombre des bosquets ou leur donnent la sérénade sur des mandolines, sous des arcs de verdure.

Au loin, on aperçoit un cavalier, un pêcheur assis devant une pièce d'eau, entouré de feuillages. Le vent vient de se lever et fait bouger les scènes champêtres, il forcit et le rideau s'enroule en torche, emmêlant marquises et gentilshommes, cavaliers et pêcheurs, bergères et joueurs de mandoline.

Elle a repris ses allers-retours dans un rythme de métronome. Tout le surprend ici, ce décor de Petit Trianon, de fête galante, ce bain de nuit, l'élégance de son crawl, son inlassable énergie, sa curiosité de tout ce qui l'entoure. Il distingue la tache blanche du short abandonné sur le transat, la serviette de bain, les sandales argentées sur l'herbe.

Une sorte de panique, soudain, à l'idée que ce moment prendra fin dans deux brèves journées, qu'il faudra refermer cette porte derrière eux et y abandonner tout ce qu'elle aura accueilli, qu'ils en emporteront quelques photos dans leurs téléphones, quelques sensations qui passeront du présent au passé, que leur mémoire modèlera à sa façon, et ils n'auront pas les mêmes souvenirs quand ils en reparleront.

Quelque chose s'ébauche entre eux, quelque chose d'étrange et de fort. Ils se sont rencontrés il y a quelques mois, elle a fait irruption dans sa vie comme un braquage, un cambriolage. Avec elle, une sensation de jour clair, l'impression de se glisser dans une rivière joyeuse et un peu dangereuse aussi, de retrouver l'origine du monde, le plaisir de poser le pied sur terre avec confiance, d'avancer sans peur. Cette fille l'étonne. Oui, elle l'étonne. Elle le surprend. Elle le déroute. Elle va le débusquer dans des lieux inconnus de lui-même. Il se dit qu'il voudrait que ça dure, leur histoire, que ça dure très longtemps. Il n'ose pas encore le lui avouer, peut-être qu'elle rira, ou qu'elle sourira gentiment, embarrassée par un aveu qu'elle-même ne pourrait pas faire, ou alors son regard se troublera, ou elle le renversera sur le lit en lui arrachant ses vêtements, il ne sait pas. Tout est possible avec elle, de cela il est certain. C'est cela qui lui plaît. Elle l'étonne, c'est le mot qui lui vient quand il pense à elle, et il se prend à aimer cette sensation d'être désorienté, d'être emmené loin de son sillon, d'accueillir ce qui vient d'elle avec impatience, avec curiosité. Leurs heures décousues, flottantes, s'assemblent peu à peu dans un dessin encore hésitant, mais qui se précise, s'installe, et cela lui plaît. Il se sent comme les petits personnages des rideaux bousculés par le vent, cul par-dessus tête. La seule chose dont il est certain, c'est que, cette fille, il la veut dans sa vie.

la nuit manteau, la nuit forêt, la nuit murmures des arbres et cris des bêtes,

Elle s'est assise devant la tablette étroite en faux bois stratifié, qui fait office de bureau dans cette chambre d'hôtel, et elle regarde fixement le rectangle sombre, froid, de la fenêtre. Elle ne voit que la moitié de son corps dans le reflet, juste son buste, un coude posé sur la tablette, une main qui soutient son visage légèrement penché, l'autre qui glisse sur un bloc de feuilles blanches.

Elle se met à écrire. Il est tard, des heures de train, puis un trajet en voiture, son bagage hâtivement laissé dans la chambre d'un hôtel dont elle sait à peine le nom, et puis la rencontre avec les lecteurs autour de son dernier livre. Le dîner ensuite. Joie et fatigue. Parler, encore. Retour à la chambre, le voyant vert qui s'affiche sur la serrure au passage de la carte magnétique. Déposer les vêtements sur la chaise, sortir ceux du lendemain, passage à la salle de bains, échanger le visage du jour contre le visage du soir. Ne pas s'attarder sur les marques de fatigue. Dormir. Il faudrait dormir.

C'est l'heure des derniers messages lus et échangés sur son téléphone, la vie de la maison loin d'ici, je vous aime, je t'aime. À demain. Elle voudrait dormir, mais le sommeil ne vient pas. Alors, elle écrit. Elle écrit dans cet hôtel inconnu, dans cette ville inconnue, dans ce lieu qui lui offre une halte pour quelques heures, jusqu'au train du matin.

Il y a des mots qui demandent à être déposés là, des mots qui se bousculent face à la nuit, des mots nés de la nuit. Elle ne sait pas où ils l'emmèneront, mais ils apparaissent, ils l'emportent, alors il faut leur faire de la place, les écouter venir et leur tendre l'espace de la feuille. Un passage se dessine, tracé par un couloir de mots, et rien d'autre ne compte que cet instant.

Quelque chose se creuse au cœur de l'obscur, quelque chose d'oublié et d'abandonné, d'incertain, qui demande à vivre.

L'abat-jour éclaire la main et le stylo ; derrière elle, le lit ouvert attend. Quelque chose est en train de naître sur les lignes irrégulières, tracées avec hâte. Elle écoute et elle accompagne cette naissance. Où qu'elle soit, quand l'écriture est là, elle est son foyer, son arbre, son monde au bord du monde. L'écriture se faufile entre les silences, elle cherche ce qui n'a pu être dit, ce qui fait peur, ce qui fait cri, ce qui fait joie. Elle cherche le passage secret un jour entrevu, le cours d'eau où aller à la dérive.

Elle sursaute. Une porte claque, celle de la chambre voisine, des voix, femme et homme mêlés, et le silence. Il y a de la vie quelque part ici, autour d'elle, une vie bien présente, mais invisible. Elle se demande à quoi ressemble ce couple de l'autre côté de la cloison. La femme brune en manteau beige aperçue à la réception ou l'étudiante en sac à dos et dreadlocks arrivée juste après elle ? Le commercial en parka rouge North Face sur costume gris, avec une grosse mallette ? Au loin, elle perçoit le tintement étouffé des portes de l'ascenseur quand il s'arrête à son étage.

Parfois l'écriture l'emmène au bord du vide et la retient là, sur cette frontière, puis au dernier moment elle la sauve de l'effroi, de la tiédeur, du demi-jour et des colères tristes. Elle poursuit son travail obscur de sourcière.

Elle écrit ce qui se tisse sous sa main, ce qui demande à venir. Elle écrit un morceau de nuit traversé d'un vol d'oiseau, d'un trait de lumière. Elle ne sait pas où ça l'emporte. Peut-être écrit-elle ce lieu, aussi, celui qu'elle habite en rêve, là où les champs de blé viennent caresser la mer.

Elle écrit. J'écris.

la nuit écoute-moi, la nuit un dernier verre,

En entrant dans la chambre, elle a un mouvement de recul. Elle s'arrête. *Eh bien, avance, qu'est-ce qu'il y a ?* Lui est sur ses talons, embarrassé de sa valise et de sa sacoche d'ordinateur, il voudrait bien poser tout ça, se rafraîchir, vérifier ses mails sur son téléphone, puis rejoindre leurs amis pour l'apéritif. Ils sont arrivés plus tard que prévu, l'autoroute était chargée, ils auraient dû partir plus tôt, il fait déjà nuit, alors qu'ils avaient envisagé une arrivée dans l'après-midi, avec une balade sur la plage.

Un peu en retrait d'une route communale, ils ont découvert la grande Deauvillaise un peu prétentieuse, toute en colombages, clochetons, balcons, échauguettes, lucarnes et bow-windows. *Ça te plairait, un truc comme ça ?* Il lui avait posé la question en se garant au bout de l'allée en gravier. *Non, vraiment pas*. Une résidence secondaire, elle n'en voudrait pour rien au monde. Maintenant que les enfants ont pris leur indépendance, elle veut bouger, voyager, découvrir. Surtout pas entretenir deux baraques, remplir deux frigos et se trouver heureuse propriétaire de deux aspirateurs. Elle avait regardé cette maison pleine de fenêtres et d'angles aigus et elle s'était dit que, non, vraiment, ce n'était pas son truc.

Elle s'était tournée vers son mari avant de sortir de la voiture. *Tu le savais, que ça marchait aussi bien que ça, pour eux ?* Il avait haussé les épaules. *Il a vendu son labo l'an dernier à un groupe, une bonne affaire pour lui*. Elle avait à peine écouté sa réponse. Ce qui la contrarie, c'est qu'elle n'a rien prévu de joli à se mettre. Du vieux et du confortable pour un week-end chez des amis, sans façons inutiles. Elle va se sentir comme une pauvresse dans ces pièces qu'elle devine meublées comme dans un magazine de décoration. Elle a beau se répéter qu'elle s'en fiche, qu'elle vient comme elle est, ça l'agace quand même. Elle la trouve un peu inquiétante, cette maison pointue, dans le noir. *Tu ne trouves pas ?* Non, il ne trouve pas. *Allez, viens, on est assez en retard comme ça.*

Elle sort de son sac de week-end le cadeau qu'elle leur a apporté pour les remercier, une boîte de macarons colorés et coûteux et un assortiment de thés. *Que veux-tu que je lui prenne ? Ils ont déjà tout.* Il n'avait pas d'idée, alors elle avait tranché, ça fait toujours plaisir, s'était-elle dit.

Bon, tu fais quoi ? Elle se résout à avancer dans la chambre d'amis que Béatrice et Henri leur ont préparée. Elle regarde la couette volumineuse et le linge de toilette crème posé sur le lit, les draps de bain en éponge épaisse, le petit bouquet de mimosa sur la table qui tient lieu de bureau – c'est tout Béatrice –, puis ses yeux reviennent sur l'objet qui l'avait immobilisée sur le seuil.

Un clown. Une poupée de soixante centimètres de haut assise sur une étagère, face au lit. Costume rouge, chaussures démesurées, bouche énorme au rictus hilare, yeux et sourcils chargés de noir et de blanc. Un objet qui détonne dans cette décoration de magazine. *Tu as vu cette horreur ? Qu'est-ce que ça fait là ?*

Oui, c'est moche, mais bon, pas de quoi en faire un drame. Tu viens ?

J'ai horreur des clowns. Il la voit attraper un pull dans son sac de week-end et le poser sur la figurine en bois. *Tu plaisantes ? À quoi tu joues ?*

Descends, je vous rejoins, dis-leur que j'arrive.

Il a quitté la chambre, le sourcil perplexe. *C'est quoi, cette histoire de clown ?*

Elle s'approche de la vitre. Dehors, la campagne normande dresse ses pommiers sur les prairies, leurs formes arrondies finissent par se confondre avec le ciel. Un peu plus loin, elle croit distinguer un cours d'eau, c'est vrai, leurs amis ont parlé d'un bras de rivière en bordure du terrain.

Elle fixe la nuit qui a maintenant tout recouvert. Elle ne voit que la lampe de chevet se refléter dans la vitre, et sa silhouette à elle, avec son écharpe blanche qu'elle a gardée.

Elle ferme les yeux et elle est là, avec sa sœur, assise sur les gradins en bord de piste, leurs grands-parents près d'elles. Elle a peur, mais pour rien au monde elle ne l'avouerait, pour rien au monde elle ne renoncerait à l'une de ces rares soirées passées loin de chez elles, d'une rue morose et de parents souvent dehors. Elle déteste le cirque, mais tenir la main de son grand-père, elle ferait n'importe quoi pour ça.

La musique trop bruyante lui brise la tête, cuivres, cymbales d'un orchestre qui s'agite dans une loge en hauteur, elle n'aime pas cette odeur de poussière, de sciure et de fauves enfermés, elle trouve ridicules les majorettes postées de part et d'autre du rideau d'entrée sur la piste, avec leurs jupettes plissées, leurs bottes blanches et leurs shakos emplumés. Elle a peur lorsque la trapéziste ôte sa cape pailletée et s'élance d'une main le long d'un filin pour rejoindre la minuscule plate-forme d'où elle va se jeter. La fille va tomber, et elle ne veut pas voir ça. Alors, elle ferme les yeux dans la demi-obscurité du chapiteau. Elle ferme les yeux lorsque le dompteur en veste à brandebourgs rouge et or fait claquer son fouet. Il va se faire dévorer, ça sera terrible, mais au fond bien fait pour lui. Elle ne sait pas si elle a le droit de penser ça, alors elle serre très fort la main de son grand-père.

Quand elle n'a pas peur, elle s'ennuie. Les Chinois tourneurs d'assiettes sur des piques en bois, la femme coupée en douze dans une malle aux coins écorchés, les foulards et les colombes qui sortent à l'infini d'un haut-de-forme pailleté, ça la fait périr d'ennui. Et cette terreur, cette vraie terreur, lorsque le clown surgit entre les travées pour inviter des enfants à venir le rejoindre sur la piste. La main de son grand-père, la serrer encore plus fort dans la sienne.

Le moment attendu, le seul, c'était l'entracte. Le paquet de caramels. Les carrés bruns enveloppés de papier cristal, glissés dans un sachet transparent. Retour aux gradins, la mâchoire collée de sucre. Il restait encore les chevaux à regarder, déguisés d'horribles plumets rouges ou bleus, sciure projetée jusqu'à ses genoux, les lanceurs de couteaux et les contorsionnistes, et puis la parade finale, le tour de piste et les applaudissements. À ce moment-là, ce déchirement. Le spectacle détesté prenait fin, et il fallait lâcher la main tenue pendant toute la séance. Rentrer à la maison. Restait le temps du trajet en voiture, les derniers caramels dans les poches, l'embrassade d'au revoir, bonne nuit mes chéries, à dimanche prochain. Elle s'enfuyait aussitôt sans se retourner. Pourquoi faut-il toujours que les moments heureux s'arrêtent aussi vite ? Elle n'a jamais emmené ses enfants au cirque.

La rivière en contrebas brille de quelques taches blanches, à peine argentées, fugitives sous la lune. Elle lève la tête. Troisième quartier ascendant. Bientôt pleine. Elle pense à la marionnette hideuse dissimulée sous son pull. Et puis elle pense à la main tenue, elle pense aux caramels. Le goût sur la langue. Elle croyait l'avoir oublié.

Elle s'écarte de la fenêtre et ferme la porte de la chambre derrière elle, il est temps de descendre.

la nuit immobile, la nuit qui danse, la nuit gyrophares & sirènes,

En sortant du métro, elle a pressé le pas. Remonté la rue semée de kebabs, de cafés, de micro-échoppes de téléphonie mobile toutes réparations, désimlockage, remplacement d'écran. Tourné au coin du cabinet dentaire, celui qui se signale par une énorme molaire blanche dessinée sur sa vitre. Elle est passée sans la regarder devant la statue de la Grisette, avec ses jolies épaules de pierre et sa corbeille de fleurs offertes. Par contre, comme chaque jour, elle a eu un regard pour la plaque en marbre fixée à la grille du square, cinq noms qu'elle connaît par cœur, cinq prénoms qu'elle lit chaque jour, Nicolas, Lucie, Elif, Milko, Kheir-Eddine, tous rafalés ici, cinq éclats de la funèbre constellation du 13 novembre

2015. Elle se demande parfois quel était leur visage, quelle était leur vie, et jusqu'à quand se souviendra-t-on d'eux ; elle essaie de ne pas oublier la litanie de leurs noms. Après avoir abordé sa rue, elle a un peu ralenti, ses jambes, son souffle, une relâche. A9642. Ses doigts ont composé sans y penser le code de son immeuble. Elle respire. Maison.

Le porche intérieur en pierre blanche, puis la cour à traverser, avec le cèdre immense qui dépasse le dernier étage, le lierre qui court au sol. Second code pour l'accès à l'escalier C, elle passe le badge devant la cellule et se glisse dans l'entrée. Ça sent encore la peinture fraîche. Non, pas l'ascenseur, il y a en elle une énergie qu'il lui faut encore épuiser, alors elle s'élance pour les quatre étages, bientôt elle a chaud avec son blouson fourré et son sac qui lui tire l'épaule.

Au deuxième, elle s'arrête. Arrache son bonnet, secoue ses cheveux, pose son cabas. Une liberté. Un sourire qui lui vient aux lèvres, pas encore très assuré, un sourire qui vient de loin et qui hésite un peu, mais il est là et il s'installe. Elle s'approche de la fenêtre qui donne sur la cour. Les spots lumineux au ras du sol font ressortir le vert sombre du tapis de lierre, le banc en pierre qui se trouve au milieu apparaît blanc immaculé, et sur la nuit encore bleue la cime du cèdre s'agite doucement. Elle aime ce décor. Lorsqu'elle avait visité l'appartement, elle l'avait trouvé un peu petit, elle ne pourrait pas y mettre toutes ses affaires, mais cette vue sur la cour, ce silence au cœur de la ville, cet arbre… Elle avait voulu vivre là.

Elle s'assied sur la marche du bas, face à la fenêtre. Elle respire. Ça y est. Elle l'a fait. Elle lui a dit que c'est fini. Qu'elle reprend sa route. Seule. Sans lui. Ça fait des semaines qu'elle le sait au fond d'elle-même. Elle avait peiné à se l'avouer. Trop de balbutiements, de discordances, de tempos décalés, d'incompréhensions, de désirs contraires, quelque chose qui n'est plus là. Et cette espèce d'embarras, de gêne, le corps qui se dérobe, la main qui s'écarte, les lèvres qui restent closes. Le corps de l'autre qui devient étranger. Les évitements, le dégoût presque. Tu ne l'aimes plus. Il faut partir. Ne pas rester par confort, par paresse. Il faut lui dire que tu pars. Il va te proposer de réfléchir encore, de vous donner une énième chance, de partir en vacances ou en week-end, d'entreprendre un projet commun, apprendre le tango ou s'inscrire à un club d'escalade, elle le connaît, il va dire ça. Il va essayer de la prendre dans ses bras, avec douceur, de passer une main dans ses cheveux, *je t'aime, Lucie, je ne veux pas vivre sans toi.* Il ne faut pas qu'il la touche, qu'il caresse ses cheveux, il faut qu'elle reste comme ça, centrée sur elle-même, décidée, calme mais décidée. Depuis des semaines elle se dit ça, elle repousse, elle reporte, elle hésite. À quel moment le dire ? Tout à l'heure, c'est venu tout seul. Ils avaient rendez-vous dans un café. Elle a respiré et elle lui a dit. *C'est fini, Sacha.*

Il était amoureux pour deux, elle s'était laissé faire, elle avait aimé ce répit, cette halte douce au sortir d'une histoire qui l'avait laissée exsangue. Elle aimait le temps qu'elle passait avec lui, mais, non, elle n'était pas amoureuse. Ça n'écrivait pas une histoire, elle ne voulait pas le blesser, mais elle ne pouvait rien promettre, c'était injuste, mais c'était ainsi, et elle l'a blessé quand même. Elle désire autre chose, rester disponible pour ce possible qu'elle a du mal à définir. *C'est fini, Sacha*. Elle s'est levée, elle a pris son cabas et elle est partie vite, sans se retourner. Il ne faut jamais se retourner. Les pires bourreaux sont ceux qui s'y reprennent à plusieurs fois. Elle ne répondra pas à ses messages non plus.

Elle sourit et se relève en fixant encore la cime du cèdre qui oscille. Elle rallume la minuterie qui s'est éteinte depuis un moment, reprend son sac et entame la montée des deux derniers étages, sa clé à la main, qui se balance au bout d'un gros pompon orange, échevelé et joyeux. Seule. Soulagée. Libre.

la nuit violoncelle aux gestes graves, la nuit pleine lune,

Ça fait cinq ans aujourd'hui. Le 23 octobre. Elle voudrait s'endormir la veille et se réveiller le jour d'après, enjamber cette journée d'un seul coup. Il avait tenté de la joindre. Deux fois. Elle n'avait pas entendu son téléphone, toujours en mode silencieux. Pas perçu le vibreur non plus, trop loin au fond de son sac. Prise dans les embouteillages avec Coline, en retard pour son cours de danse. Elle n'avait pas consulté ses appels pendant vingt-sept minutes. Il avait essayé de l'appeler deux fois. À 18 h 19 et à 18 h 46. Deux appels manqués. Le chiffre 2 en blanc, dans un petit disque rouge, sur l'icône de son smartphone. Ce correspondant n'avait pas laissé de message.

Ses parents l'ont appelée peu après minuit. Minuit onze, elle s'en souvient. La police sortait de chez eux. Un voisin avait donné l'alerte. C'est lui qui avait découvert son frère. Intrigué par la maison éteinte et par le garage allumé à une heure tardive. Pas ses habitudes, et il ne l'avait pas vu de la journée. Il était allé voir. Il avait hésité, ça ne le regardait pas, la vie de son voisin. Ils se rendaient parfois un service ou un autre, se prêter une perceuse ou une échelle, quelques mots pour commenter le match de foot de la veille, mais jamais entré chez lui, ni une bière ni un café, il ne le trouvait pas très en forme ces derniers temps, plutôt sombre, fuyant. Alors, il était allé voir.

Il l'avait trouvé au volant de sa voiture, déjà bleu. Portières fermées, un tuyau relié au pot d'échappement. Deux boîtes de médicaments vides et une bouteille de whisky sur le siège passager.

Elle regarde sa montre. Il est minuit passé. Elle grelotte. Dehors, elle ne voit que la silhouette osseuse d'une grue sur le chantier d'en face, avec les minuscules points lumineux qui balisent ses extrémités, et les arbres du boulevard qui bruissent, tannés par une pluie fine qui s'accroche aux vitres.

Elle n'ira pas dans sa chambre. Elle veille, comme toutes les nuits du 23 octobre. Ce midi, elle est allée déjeuner chez leurs parents. Impossible de les laisser seuls ce jour-là. Elle est repartie dans l'après-midi, leur chagrin sur ses épaules en plus du sien.

Il l'avait appelée deux fois, juste avant. Elle n'avait pas entendu. Alors, il était allé dans son garage et il avait bricolé son installation. Ou peut-être que tout était déjà prêt depuis un bon moment. Il avait dû y réfléchir à l'avance, rien n'avait été laissé au hasard. Aucune impro. Bien son genre. Sérieux, organisé, méticuleux. Il avait reculé au dernier moment. Plus sûr de vouloir mourir. Le côté de la vie qui appelle, encore. Une ultime hésitation avant de plonger, envie d'une main qui vous tire de là. Elle l'imagine, entendant la sonnerie qui tombe dans le vide. Une première fois. Une ultime tentative, moins d'une demi-heure après. La voix impersonnelle du répondeur. Vous pouvez raccrocher. Personne pour l'entendre, pour lui dire arrête, merde, fais pas de connerie, bouge pas, j'arrive, j'arrive tout de suite. Alors, il s'était installé derrière le volant.

Elle n'a jamais pu le dire à leurs parents, pour les appels manqués. Ça l'étouffe. Et chaque jour un peu plus, comme une marée lente et inarrêtable qui va finir par la noyer. Il faudrait qu'elle en parle, mais elle ne sait pas à qui. En attendant, une vision la hante. Quand elle manque des appels et qu'apparaît la pastille rouge sur son écran, elle a les mains qui tremblent. Il faudrait qu'elle en parle, elle le sait.

Les feuilles continuent à s'affoler sur les branches des arbres du boulevard, et la nuit continue à griffer les vitres, inlassablement.

la nuit je te veux, la nuit primitive, la nuit sauvage,

Elle craint que cela arrive encore. Elle ne l'a pas avoué à ses enfants. Ils sont loin, de toute façon. La voisine apporte quelques courses, pas besoin de grand-chose, elle monte le courrier, pas grand-chose non plus, des dépliants publicitaires dont elle n'a pas besoin, les factures d'électricité, c'est tout.

Elle ne sort plus, ça fait des semaines. L'air frais du palier, quand elle ouvre la porte à madame Ferreira, la suffoque presque.

Elle écoute la vie autour d'elle, le jour. Les cris dans la cour d'école voisine cadencent sa journée. Récré du matin, temps de midi, récré, heure des parents, goûter de ceux qui restent à l'étude. Le week-end, ça lui manque. C'est à peu près tout ce qui lui reste du monde du dehors, maintenant. Les enfants qui courent vers leur vie en criant.

Elle n'arrive plus à sortir. Elle a rangé son manteau dans la penderie de l'entrée, avec ses chaussures, son sac à main, tout ce qui lui rappelle l'extérieur.

Deux fois. Elle est tombée deux fois. Une fois de trop pour croire au pas de chance. En manquant le trottoir d'abord, hanche endolorie, épaule meurtrie, lunettes tordues. Elle s'en est bien sortie, c'est ce qu'elle s'est dit. Et puis en descendant du bus. Elle faisait pourtant attention, la marche est haute, mais elle a l'habitude, elle se tient. Le pied lui a manqué. Elle ne comprend pas.

Les gens autour d'elle, les pompiers, efficaces, rassurants. Le plus jeune avait l'air d'un adolescent, elle a pensé à son petit-fils. Elle aurait voulu lui demander son âge. Dans le camion, c'est lui qui parlait pour la tenir éveillée, surtout qu'elle ne perde pas connaissance. Et l'hôpital, les radios, l'attente. Os usés, friables, amincis. Ils ont fait leur temps. Rien de cassé. *Vous avez eu de la chance, madame.*

Elle ne veut pas de troisième fois. Tant que madame Ferreira sera là, ça ira. Mais elle va partir cet été, son rituel, son mois d'août dans son village près de Braga, depuis trente ans. Comment va-t-elle faire ?

Dans un angle de la pièce, elle voit les cannes anglaises qu'on lui a fait acheter au sortir de l'hôpital. Deux jambes en aluminium brillant surmontées d'une poignée en plastique noir. *Ergonomique*, avait dit la pharmacienne. Truc de vieux, oui, avait-elle pensé. Mais pas le choix.

Il faudra bien ressortir un jour. S'il n'y avait pas ces escaliers. Deux étages sans ascenseur, pas le bout du monde, c'est ce qu'elle s'était dit lorsqu'elle avait emménagé. Le bout du monde, maintenant. Il faut qu'elle se l'avoue, elle a peur. Elle n'a plus confiance en elle. Mettre son manteau, vérifier ses clés, son porte-monnaie, bien fermer la porte. Faire attention dans l'escalier, avec cette minuterie trop courte. Dans son sac, elle a préparé un papier, *à contacter en cas d'urgence*. La liste n'est pas si longue.

Derrière les voilages à franges en polyester qui arrivent à mi-hauteur de la vitre, elle tente de deviner l'heure. Elle se lève tôt, bien trop tôt pour ce qu'elle a à faire de sa journée.

6 h 17. C'est encore la nuit, la pleine nuit. Elle calcule. Dans deux heures à peine, les enfants vont commencer à arriver. On est lundi. Enfin.

Les cris des enfants vont reprendre. Elle les attend. Elle attend la vie.

la nuit folie, la nuit la terre comme un ciel inversé,

De l'homme il n'a rien vu. Ni son visage, ni sa silhouette, ni ses gestes, ni sa démarche. Rien qui permette de le reconnaître. Est-ce que cela changerait quelque chose ? Il n'a entendu que sa voix, il a senti son souffle, son haleine, il a surpris l'éclat d'un œil fiévreux à travers les croisillons de bois, perçu l'agitation d'un corps empêtré dans l'étroite cage de bois sombre. D'habitude, il n'y a pas grand monde qui vient à cette heure-là. La plupart du temps, l'église est vide et froide. Il se dit que c'est tout de même important qu'il soit là, disponible, pour assurer la permanence une heure chaque matin, vaille que vaille.

Ce matin, il a écouté avec patience cette femme âgée qui vient tous les trois jours se délivrer de choses insignifiantes. Elle lui prend beaucoup de temps. Elle n'a personne à qui parler, probablement. Alors, il l'écoute, il est là pour ça. Parfois, il se surprend à ne prêter qu'une oreille distraite, et il s'en veut.

L'homme est entré dans le confessionnal juste après le départ de cette femme. Le rideau poussiéreux de velours pourpre a déplacé un air glacé lorsqu'il l'a soulevé pour s'agenouiller dans l'isoloir. Un corps lourd, un souffle pesant, une voix sourde ; il a dû tendre l'oreille pour l'entendre.

Il l'a écouté. Malgré son jeune âge, il a déjà entendu des choses difficiles. Là, sa respiration s'est arrêtée, il a tremblé de tout son corps sur la planchette qui lui sert de siège. *Depuis six mois, environ, mon père. C'est plus fort que moi. Ça a commencé dans le bain, le soir, c'était un jeu. Elle a huit ans, c'est la fille de ma compagne. Je ne peux pas m'en empêcher.*

Il écoute encore, le cœur au bord des lèvres, la bouche sèche.

Que dire ? Quel pardon ? Quelle absolution ?

Il tente quelques mots, quelques questions, à chaque instant il craint que le fil de la parole ne se rompe. En lui, c'est la déroute, il s'aperçoit qu'il grelotte, que ses mains sont glacées.

Il pense à l'enfant, à ce qui va arriver, ce soir, demain soir, tous les autres soirs. Quelque part dans cette ville, ou peut-être ailleurs. D'où vient cet homme ? Il ferme les yeux. Des images surgissent sous ses paupières, il voudrait les écarter, en vain. Il pense à la confiance, à la peur, à la souffrance. Le désarroi. Le silence.

Une enfance saccagée, une vie massacrée. Il sait mais ne peut rien faire. Qui est cet homme ? Qui est cette enfant ? Aucune idée.

Le secret de la confession. Ils en avaient beaucoup parlé au séminaire pendant ses années de formation.

Une sueur glacée descend le long de chacune de ses vertèbres. L'impuissance et l'effroi.

Il écoute, il propose à l'homme de revenir, de réfléchir, de poursuivre sur ce chemin. Il parle de ce premier pas, de ce qu'il porte, il parle d'amour, de respect, d'innocence, de blessures. Il lui propose un numéro de téléphone anonyme. Il dit qu'il est là tous les matins à la même heure.

L'homme s'est relevé, le rideau pourpre a remué de nouveau l'air froid de janvier. Il a entendu le froissement des vêtements, le pas lourd qui s'éloigne, le crissement des semelles sur la pierre.

Il s'est aperçu qu'il claquait des dents. Il s'est précipité aux toilettes, dans la sacristie, et il a vomi.

Au foyer où il vit avec trois autres prêtres, il a raconté. Il y a eu un silence autour de la table, dans la cuisine. Les pâtes ont refroidi dans les assiettes. Ils ont prié.

Il a débarrassé, fait la vaisselle, c'était son tour. Le coup d'éponge sur la toile cirée, le coup de balai par terre, sortir la poubelle.

Dans sa chambre, il a allumé le radiateur électrique et enfilé un pull supplémentaire en attendant que la chaleur se fasse sentir. Puis il s'est mis à genoux et il a prié, longuement. Ensuite il s'est assis sur son lit étroit à la couverture mince et il a enfoui son visage dans ses mains.

Il est allé à la fenêtre. L'éclairage qui surmonte la porte d'entrée du foyer oscille avec le vent, les branches des grands sapins dans la cour se balancent sans hâte. On ne voit pas plus loin. Son visage se reflète dans la vitre, avec le rectangle blanc de son col romain sous le menton.

Il songe à la ferveur de sa foi, à la joie, à l'amour, au pardon, aux mots qui guérissent, aux gestes qui flétrissent à jamais, aux épreuves.

Il songe à une enfant crucifiée, quelque part dans la ville. Il entend un bruit léger, continu, dans le silence de sa chambre. Il comprend que c'est lui qui claque encore des dents.

Ce soir, c'est la déroute.

la nuit la mer vous aimez la mer ?

Des colonnes de cartons bruns empilés les entourent, ils dessinent de curieuses concrétions de hauteurs variées, aux équilibres plus ou moins stables. À côté, on devine un canapé, des chaises, une table basse sous des plastiques cerclés de ruban adhésif épais, et des objets indéfinissables enfouis sous les épaisseurs de papier bulle. Les déménageurs sont partis, la journée a été épuisante. Celle de demain et les suivantes le seront aussi.

Ce soir, ils sont chez eux.

Lors de la visite avec l'agence, ce qu'elle a aussitôt aimé, c'est le petit balcon. Ils ont dit oui très vite. Elle a rêvé tomates cerises, menthe, coriandre, basilic. Elle y voit un rosier grimpant, aussi.

Elle s'assied sur le canapé sans même retirer le plastique de protection. Elle tient son ventre des deux mains, doucement. Son visage est marqué de fatigue, avec de petites taches de rousseur autour du nez qui forment comme une minuscule guirlande sous ses yeux. Elle caresse son ventre, et il la rejoint.

Allez, viens dormir, j'ai fait le lit. Tu as assez forcé. Demain tu ne touches à rien. À son tour il pose la main sur le ventre rond. Le canapé a été laissé face à la baie vitrée cernée d'aluminium, là où les déménageurs l'ont posé. Ils sont assis là tous les deux. Ils n'ont pas allumé l'ampoule qui descend du plafond à l'extrémité d'un fil tordu.

Ils veulent encore, rien que pour eux, ce moment qui disparaîtra sitôt les meubles déballés, les cartons ouverts. L'absolue virginité d'un lieu. La page blanche où leurs jours vont poursuivre leur histoire.

Allez, viens dormir. Elle surprend son reflet, de profil, avec cet arrondi doux et proéminent en son milieu. Elle sourit.

Oui, tout reste à écrire.

la nuit battements de l'âme, la nuit une prière,

Le film vient de se terminer. Elle se lève et laisse descendre les larmes sur ses joues sans les essuyer. Sur le canapé, une accumulation de Kleenex trempés roulés en boule. Ça ira comme ça pour ce soir. Elle se demande ce qui lui a pris. Pourquoi s'infliger une telle soirée lacrymale ? Ce film, en plus, elle le connaît par cœur.

La robe claire à manches courtes de Meryl Streep, ses cheveux remontés qui dégringolent sur sa nuque, le pont couvert, le bouquet de bleuets, Clint avec sa chemise beige aux manches roulées sur les avant-bras, son appareil photo et ses clopes. Le moment avec la portière de la voiture, le moment où. Par cœur. Robert et Francesca. Quatre jours dans une vie. Les corps vieillissants, fatigués, qui s'apprivoisent, se découvrent, renaissent, s'émerveillent.

La robe qui se soulève au vent d'été. Le secret d'une vie, le renoncement, la déchirure. Ce que les autres découvrent un jour. Que sait-on de nos proches, de nos parents, de leurs eaux obscures, de leurs rêves, de leurs désirs ?

Elle est seule. Elle saisit le plaid sur le canapé et s'en enveloppe. S'approche de la porte-fenêtre en bois laqué blanc. Son visage, son cou sont humides, la sensation est désagréable, elle se décide à les essuyer.

À l'époque, Sébastien, son fils, n'avait pas deux ans. Elle avait choisi de rester avec son mari. Elle n'a pas été malheureuse, non, ça ne serait pas vrai, mais elle se dit que, le bonheur, c'est sûrement autre chose. C'est… C'était… Elle ne saurait pas dire. Quelque chose comme le regard, les mains, les mots de Laurent. Il y a longtemps. Quelque chose comme le bouquet de bleuets que Meryl serre contre sa robe en riant, comme ces femmes qui n'ont pas l'habitude d'en recevoir. Elle aurait ri, elle aussi.

Le plaid a glissé de ses épaules, il dessine à terre une large flaque crème. Devant elle, les deux rectangles noirs, étroits, parallèles, des vitres de la porte-fenêtre, sertis de blanc. Propres. Impeccables.

la nuit rouge comme le nom terrible de l’amour,

Il veille et il regarde le fleuve. Le fleuve s'écoule en roulant d'un flux continu, un flux qui semble couler depuis la nuit du monde.

Son travail, c'est de veiller. Il arrive au soir dans le silence des bureaux vides, il s'installe dans la petite pièce équipée d'écrans, de téléphones, il va guetter, nuit après nuit, ce qui pourrait survenir.

Derrière sa chaise à roulettes, sur une table, il y a une cafetière, un plateau avec deux mugs en faïence blanche siglés du logo de la société, une boîte à sucre, une bouilloire, des sachets de thé, Ceylan, thé vert à la menthe.

En arrivant, il a accroché sa parka au dossier de sa chaise, glissé les gants et le bonnet dans les poches. Il peut commencer sa veille.

Le mur d'écrans montre en gris, légèrement tremblotants, des corridors déserts, des salles de réunion et des bureaux vides. Si les détecteurs de mouvements s'affolent, c'est qu'il y a un problème. Une probable intrusion. Il connaît la procédure. À ce jour, ça n'est jamais arrivé, mais il reste en tension. Au siège, le mois dernier, les bureaux ont été visités. Suspicion de cambriolage à des fins d'espionnage industriel. C'est ce qu'on leur a dit. Alors, vigilance renforcée.

Une sonnerie le fait sursauter. Il consulte sa montre. C'est déjà l'heure d'aller faire sa ronde, lampe torche, oreillette, un étage après l'autre, en grimpant, jusqu'au dernier. Il enfile son bonnet, noue son écharpe, les locaux ne sont pas chauffés la nuit.

Pourtant, c'est le moment qu'il préfère. Sa ronde de nuit. Il finit par s'ankyloser sur son fauteuil à roulettes, à scruter les écrans muets et à enchaîner les mugs de café.

Il arrive au dernier étage, dans la grande salle vitrée d'un seul tenant, du plancher au plafond. C'est vertigineux, mais il aime cette sensation. Derrière lui, des ordinateurs éteints sur leur pied en alu, les uns à côté des autres sur les bureaux en enfilade.

Devant lui, le fleuve et son scintillement continu. Le périph. Phares blancs, phares jaunes, lumières rouges, gyrophares, voitures, camions, taxis, motos, ambulances. Il pourrait rester là le reste de la nuit à fixer le flot.

À travers le double ou triple vitrage, on n'entend rien, c'est un glissement silencieux et infini.

Qui sont-ils, tous ? Où vont-ils aux heures les plus obscures de la nuit ? Qui les attend ?

Parfois une voiture de police ou un véhicule des pompiers impulse une accélération en trouant le flux, lequel retrouve ensuite sa régularité. Qui sont-ils ? Où vont-ils ? Il aimerait savoir. Il peine, soir après soir, à s'arracher à ce spectacle. Il a l'impression, par sa seule présence, en surplomb au ras de la vitre, de veiller sur eux, sur chacun d'eux, un peu comme le christ de la baie de Rio.

Son visage a la couleur de l'ombre. Ses yeux ont la couleur de la nuit. Il remue les lèvres mais on ne l'entend pas. Une fine buée couvre la vitre devant sa bouche. Il murmure pour les absents. Ces mots qu'on n'entend pas, qu'il psalmodie en un long ruban continu, il est certain qu'ils les entendent. Là-bas. Au-delà de cette baie vitrée, au-delà des mers, au-delà des sables et des montagnes.

Il psalmodie dans sa langue, dans la leur. Il leur dit l'absence, la distance, les villes qui blessent et qui dévorent, les regards qui ne voient pas et qui transpercent. Il leur dit le peu de fraternité.

Il leur dit l'argent qu'il a envoyé, comme chaque semaine. Il voudrait raconter le guichet et la longue file des comme lui, mais ces mots-là il ne les dit pas. Il dit ça va ça va bien et il demande des nouvelles, la santé les mariages les enfants les naissances.

Il parle à sa mère accroupie au bord du feu, à tisonner les braises avec un bois durci, fixant une flamme qu'elle ne voit plus de ses yeux blancs. Il poursuit sa psalmodie pour elle et ses absents.

Il veille. Il aime à se répéter ce mot. *Je veille.*

la nuit jasmin souvenir d’une autre nuit,

Cette fois, c'est la bonne. Pour la troisième fois, elle entre dans la boutique. Elle ne remarque plus l'enseigne en lettres gothiques rouge sombre sur fond anthracite, ni les présentoirs de piercings et d'écarteurs dans la vitrine, ni les crânes en résine ou en métal. Elle entre et s'immobilise sur le carrelage noir et blanc. Pas question de reculer, elle l'a assez voulu, ce moment.

Elle avise les fauteuils de style dentiste et le box garni d'une étroite couchette recouverte de vinyle.

Un homme en tee-shirt noir et une jeune femme blonde, crâne rasé sur l'hémisphère droit, s'affairent chacun auprès d'un client. Tous les deux exhibent une abondance de tatouages, leurs corps comme des livres d'images un peu effrayants. Il y a un fond sonore bruyant, des basses puissantes, des guitares acides, mais elle le remarque à peine.

Alors, on y va ? En forme ? Installez-vous. La jeune femme la salue avec chaleur. Elle se dirige vers un fauteuil bas recouvert de velours grenat, s'assied en attendant. Elle est en avance, elle est toujours en avance. Autour d'elle, des photos et des dessins agrandis, des loups, des christs, des crânes, des carpes koï, des hirondelles et des serpents, des araignées et des roses, des aigles et des capteurs de rêves. Elle sort son téléphone et vérifie le motif qu'elle a retenu après deux rendez-vous et quelques mails. C'est exactement ça qu'elle veut.

La dernière fois, au téléphone, on lui a dit d'être détendue, de ne pas être à jeun. Pas de crème anesthésiante, a précisé la jeune femme, *ça ne sert à rien et ça empêche l'encre de pénétrer correctement*. Pour la douleur, elle n'a pas su vraiment lui dire, ça dépend des personnes, des zones du corps, de la taille des motifs, de votre état de détente. Ça fait partie du truc, de toute façon. Elle est décidée.

Elle a souffert, mais elle a fait la courageuse, la même pas peur, même pas mal. En sortant, elle s'arrête dans un café, commande un Coca et y remue longuement la cuillère en métal qui affole les glaçons. Elle regarde son avant-bras enveloppé de cellophane, la peau encore rouge sous le motif encré. Elle se sent bien. Elle fixe la fenêtre ouverte sur un ciel de nuit, sur un ciel plein d'étoiles. Juste au-dessous, elle a fait inscrire au dermographe, en écriture cursive, *et je danse*. C'est ça qu'elle voulait. Les derniers mots de ce poème. Celui-ci et aucun autre. C'est son mantra, sa formule magique. Marquer sa peau, sa chair, l'inscrire pour ne pas oublier. Elle veut que son corps raconte son histoire, écrite comme une page vivante, ouverte sous ses yeux. L'encre qui raconte un renouveau, un corps réveillé, réconcilié. Elle y a pensé, longtemps, lorsqu'elle est sortie de l'hôpital. Elle la voulait, cette fenêtre ouverte, ce ciel sombre et ces lueurs qui déchirent l'encre. Elle est restée allongée de longues semaines, là-bas, pas sûre d'en sortir. Elle voyait bien l'expression de ses parents, de ses frères, les visages froissés, cernés, et le sourire qui ne découvre pas les dents. *Tiens bon, frangine, tiens bon. On t'attend à la maison. On est là. Allez, tiens bon.*

Elle a tenu bon. Oui, maintenant, elle veut vivre. *et je danse.*

la nuit paysage, la nuit ouverte, la nuit s'orienter aux étoiles,

Les montants de la fenêtre sont écaillés, du vert foncé apparaît sous la couche de peinture blanche qui s'effrite. La main qui s'y appuie est constellée de taches brunes, la peau très fine, les veines mauves, saillantes, y tracent des reliefs serrés, sinueux. Le rebord extérieur de la fenêtre s'écaille lui aussi, de minuscules lambeaux partent avec la pluie, avec le vent. Les volets laissent saillir des points de rouille çà et là. Tout cela n'a plus d'importance. La main essuie un peu d'humidité sur la vitre. Le chauffage a été coupé hier. Cela non plus n'a plus d'importance.

C'est sa dernière nuit ici.

Deux grosses valises, de vieux modèles, même pas de roulettes, des valises qui n'ont pas voyagé depuis des siècles, fermées à grand-peine, retenues d'une sangle, et trois cartons attendent dans l'entrée, avec une lampe en porcelaine décorée de fleurs et d'oiseaux, avec son abat-jour plissé, un guéridon à la marqueterie effacée et une télé.

Elle place les mains autour de ses yeux et tente de distinguer les contours du jardin.

Le grand cèdre, planté à la naissance de l'aîné, le hêtre roux, recouvert d'or en automne, le rosier grimpant aux fleurs presque noires, au parfum lourd, les hortensias joufflus qui courent le long du mur.

Il faudrait désherber, nettoyer, mettre les feuilles en sacs, couper les branches basses des arbres, celles qui tombent presque au sol. Plus d'importance.

Demain matin, ses enfants seront là. *Tu verras, maman, tu seras bien, c'est mieux pour toi. C'est trop grand, cette maison, maintenant, on n'est pas tranquilles.*

C'est vrai, elle est tombée, ces derniers temps. Ça aurait pu être grave.

On fait quoi, maman, si tu perds connaissance ? On te retrouve au sous-sol trois jours après ?

Ils appellent tous les soirs, à tour de rôle, maintenant. Elle dit ça va, ne vous inquiétez pas pour moi.

Et puis son frigo. Un dimanche, ils sont passés et ils ont vu. Quatre yaourts périmés, un peu de beurre, du lait, une salade fatiguée, deux boîtes de miettes de thon.

La supérette, ça lui fait loin, maintenant, et pour si peu, elle n'ose pas demander la livraison.

Il faut faire quelque chose, ont-ils murmuré entre eux.

Alors, c'est demain.

Elle a dit qu'elle est bien comme ça, qu'elle se débrouille, qu'elle est bien chez elle, elle l'a dit. Elle le leur a répété. Elle est bien, ici, avec ses souvenirs, ses meubles, ses repères. Elle a dit je ne veux pas partir.

Ils lui ont assuré que la chambre était spacieuse et le personnel, adorable. Qu'elle pourra garder ses affaires personnelles, enfin, quelques-unes, sa télé, un petit meuble, son linge, ses albums de photos. C'est mieux pour elle. Pour eux. Pour tous.

Ils lui ont promis qu'ils viendraient tous les dimanches.

Elle resserre ses mains autour de son visage et tente de distinguer les contours des massifs encore fleuris. Elle cherche la silhouette du grand cerisier, tout au fond. Son arbre préféré. Pour l'abondance des fruits, pour la chanson, les belles auront la folie en tête et les amoureux, du soleil au cœur, il est bien court, le temps des cerises, et sifflera bien mieux le merle moqueur. Mais tout reste plongé dans le noir.

la nuit indifférente, obstinée, et mon front contre la vitre,

La guirlande de fanions triangulaires en papier coloré se balance doucement dans l'encadrement de la fenêtre. JOYEUX ANNIVERSAIRE, en lettres blanches, se détache sur des fonds de couleurs vives. Au milieu de la pièce, des ballons en aluminium doré affichent le chiffre 9, et sur la table c'est une débauche d'assiettes en carton de couleur, de serviettes froissées en papier qui souhaitent aussi un joyeux anniversaire, de miettes de gâteau qui voisinent avec des bougies roses à moitié consumées, plantées dans leur petit support en plastique argenté. On trouve aussi à terre du papier cadeau déchiré, deux paires de chaussons à tête de chat et deux cartons à pizza mal refermés.

Il ouvre la fenêtre en prenant soin de ne pas arracher la guirlande fixée par deux punaises à ses extrémités. La fenêtre découpe devant lui une page de nuit, et un peu en contrebas il distingue la rumeur de la mer, présente et invisible, et l'éclat blanc du phare, plus loin, tout au bout de la baie, sur la droite. Deux éclats toutes les dix secondes. Il a eu tout le temps de les compter. Dans une heure il fera jour. Il va ranger tout ce bazar, bien sûr, il va ranger tout ça, que les enfants trouvent une pièce propre à leur réveil, même s'ils se fichent de prendre leur bol de céréales au milieu des cartons à pizza et des papiers de bonbons. Il laissera juste la guirlande, les ballons, et le reste du gâteau sur une assiette propre. Il déposera les deux paires de chaussons devant la porte de la chambre. Il voudrait que tout soit parfait. Irréprochable. C'est ce mot qui tourne dans sa tête, irréprochable. Alors, oui, il va s'occuper de tout ça. Pour le moment, il termine son mug de café soluble, celui en faïence blanche où il est écrit BONNE FÊTE PAPA. Vestige. Il embrasse la nuit trouée par les éclats blancs du phare. Deux éclats. Dix secondes. Deux éclats.

Alexia et Nolan sont avec lui ce week-end. Il n'y croyait pas, jusqu'à ce que Léna, leur mère, les dépose devant le mobil-home avec leurs petits sacs à dos. Elle les a regardés entrer et a redémarré aussitôt. C'est la première fois depuis deux ans, il a du mal à réaliser qu'ils sont là, avec lui, dans ce logement qu'il habite depuis quelques mois sur ce terrain de camping municipal. Alexia a eu neuf ans, elle a invité quelques amies de sa classe, elles ont joué dehors, il a veillé sur elles et s'est occupé de Nolan, ils ont ramassé des coquillages, des morceaux de bois flotté, ils ont même trouvé un porte-clés, un petit cheval en plastique rouge, un trophée que Nolan a aussitôt adopté. Il avait tout préparé, le gâteau au chocolat acheté à la supérette et le saladier plein de crocodiles et d'oursons en gélatine colorée. Le soir, ils sont allés chercher des pizzas et ont dîné sur la table basse, tous les trois sur le canapé. La tête de chaque enfant posée sur son épaule. Il aurait voulu arrêter le temps.

Il avait tout préparé, laissé sa chambre aux enfants, changé sa housse de couette pour Alexia, installé un lit pliant pour Nolan, lui dormirait sur le canapé. Il a l'habitude. Bien faire. Il veut bien faire. Rattraper le temps perdu. Maintenant qu'il a retrouvé un travail, qu'il a un chez-lui, une adresse, une vraie, allée des Ajoncs, place n° 7, camping de la Falaise.

L'un des battants de la fenêtre s'est rabattu avec le vent, il l'ouvre et le cale avec un bouchon. Il va réparer ça, aussi. Lorsque l'assistante sociale est venue, la semaine dernière, elle a tout regardé, les placards, le frigo, le linge, la chambre. *C'est bien, monsieur Hervault, ils vont être contents, les enfants.* Il avait hoché la tête sans répondre, avec cette sensation brûlante de passer encore un examen, encore un contrôle, d'être de nouveau ce gamin dont on vérifie la chambre au pensionnat, d'être à nu une fois de plus, fouillé et retourné comme ses tiroirs. Elle avait accepté le café qu'il lui avait proposé, et pour l'anniversaire elle lui avait donné quelques idées, la guirlande, les ballons, l'adresse d'une boutique en ville, une farfouille où l'on trouve de tout pour quelques euros. Alexia avait adoré, Nolan aussi.

Pas facile de remonter la pente. Il a merdé, il le sait. Le divorce avec Léna. Anéanti. Au boulot, il avait perdu les pédales. Retourner vivre chez ses parents, ça n'avait pas été le rêve, pas vraiment. Au début, ça allait, et puis ça s'est mis à grincer. Tout énervait son père, ce fils sans travail, sans maison, privé de ses enfants. La honte. Rien n'allait, ni les heures de réveil, ni les heures de coucher, ni l'heure du premier café en fin de matinée, ni les chaussures dans l'entrée, ni le journal laissé ouvert sur la table, ni la télé allumée trop tôt dans la journée. *Tu as trente-quatre ans et deux gosses, Simon, bouge-toi, cherche du boulot, merde !* À la fin, il ne sortait plus de sa chambre.

Les enfants, au téléphone, toujours pressés, leur mère derrière. *Salut, papa, il faut qu'on y aille. Bisou.* Quelques SMS, quelques photos pour garder le lien, pas toujours de réponse. Loin de leur vie, que leur dire ? La chorale de Noël, le spectacle de fin d'année, il y était, à l'heure, propre, bien rasé, *ça vous dit, un macdo, et je vous ramène après chez maman ?*

La voix de Léna, lasse, irritée. Ses gestes agacés pour serrer la ceinture de son imper, chercher ses clés de voiture au fond de son sac. *OK, mais je te rappelle que Nolan a judo à quinze heures.* Elle a coupé ses cheveux, éclairci sa couleur. Il préférait avant, mais ce n'est plus son histoire.

Nolan avait raté le judo. Et tout qui se débine. La mauvaise pente. Plus de boulot, plus d'adresse, plus de pension. Jusqu'à l'électrochoc. L'assistante sociale, la décision du juge. L'intérêt des enfants. Il avait encaissé. Une heure par semaine, sous surveillance. Il revoit la pièce avec les petites chaises, les petites tables, les boîtes de feutres, les jouets utilisés par tous, les livres recouverts de film plastique sur deux étagères en bois laqué blanc. Les gamins, à reculons, lui toujours en retard d'une guerre, *ah lui tu ne lui parles plus, à Mélanie, alors ?* Les cahiers de liaison à signer, sans trop savoir ce qu'il signait. Cette humiliation qui le rongeait. Droit de visite médiatisé. Espace de rencontre permettant d'assurer le maintien du lien entre le parent et son enfant en raison de circonstances particulières. C'était écrit sur les papiers. Ça ou rien. Il avait tenté de faire bonne figure, pour eux deux, toujours en fond d'écran de son téléphone, une photo prise à la piscine l'an passé, les épaules maigrichonnes de Nolan et le maillot rose à volants blancs d'Alexia. C'était un des derniers bons moments.

Et puis la colère. Être capable de. Leur montrer de nouveau. Retrouver un boulot, retrouver un logement, retrouver ses enfants et leur offrir un vrai père. Comme avant. Pas le type paumé avec qui ils étaient obligés de passer une heure avec des jouets moches tripotés par d'autres. Ces bouffées de honte qui lui montent encore au visage.

À la mairie, ils avaient été corrects, au vu du contrat d'embauche et de la première feuille de paie. Ils n'avaient pas demandé de caution pour le mobil-home ni de loyers d'avance. Il repense à ce qu'avait dit l'assistante sociale la dernière fois, *c'est un nouveau départ, monsieur Hervault, un vrai nouveau départ,* et elle avait le sourire. Elle lui avait fait un signe de la main depuis sa voiture, en partant. C'était la première fois.

Il se retourne et regarde le bazar d'anniversaire éparpillé dans la pièce. Il regarde la porte de la chambre où les enfants dorment. Il écoute la rumeur de l'océan dans son dos. Oui, oui, il va ranger, mais il veut s'assurer encore un moment que tout cela est bien réel, que cette fête d'anniversaire a bien eu lieu, que ce désordre ressemble à la vie qui reprend, que les enfants sont là, de nouveau. Au cri d'un goéland qui le fait sursauter, il tourne son regard vers le dehors. Le jour commence à poindre. La fenêtre dessine une page qui s'éclaire.

la nuit terrier, la nuit caverne, la nuit refuge
et les étoiles lointaines,

Chaque année c'est pareil. Elle l'attend. Elle l'attend comme une enfant impatiente ou comme une amoureuse.

Elle est là maintenant. Tout le jour elle y a pensé. Ça se sentait dans l'air, elle en était sûre, cette indescriptible certitude du corps, ce ciel blanc. Ce sera pour cette nuit.

Ils sont arrivés, ils sont là. Les premiers flocons. Elle s'est réveillée tôt à cause de cette lueur inhabituelle qui filtre à travers les lames des volets en bois. Elle a couru à la fenêtre sans rien allumer dans la pièce, d'un geste lent elle a repoussé le voilage, avec précaution, comme si dehors il y avait un oiseau prêt à s'envoler, ou un animal peureux, et, seule dans cette nuit finissante, elle sourit. Elle est là.

La neige. La lumière blanche qu'elle dégage est comme une irradiation. Les formes sont assourdies, les massifs, les haies, le sol de l'allée, la table en fer forgé. C'est une blancheur absolue, irréelle. Chaque branche d'arbre est emmaillotée de blanc, jusqu'au moindre rameau, jusqu'à la plus menue brindille.

C'est cet aspect intact qui l'émeut pardessus tout, cette virginité qui prend possession de cet espace familier et modeste, qui soudain devient splendeur, devient royaume.

Elle pense au goût acidulé de la neige sur la langue, au craquant sur les lèvres. Un goût d'enfance, un autre jardin, le même éblouissement. Oui, elle la goûtera tout à l'heure, lorsqu'elle aura enfilé une paire de bottes et un jean, et elle tendra son visage nu à l'air vif.

Elle n'a pas bougé, comme si le moindre mouvement pouvait faire disparaître toute cette blancheur. Elle revoit une fillette immobile sur le seuil de la porte, sa mère qui lui enroule une écharpe au cou, et des hoquets de joie, une course de chien fou, les joues qui brûlent. Son frère aîné qui la poursuit pour lui glisser des flocons durcis entre le col et l'écharpe. Leurs rires, ses cris de fausse frayeur ravie. Si loin, déjà ?

Dans sa gorge quelque chose se serre, quelque chose qui monte aux yeux.

La beauté, la beauté du monde.

C'est un morceau de cette beauté, là, devant elle, à portée de main.

Qui bientôt ne sera plus.

Elle songe à cette phrase lue il y a longtemps, elle ne sait plus où, *quand fond la neige, où va le blanc ?*

la nuit pont suspendu entre deux rives de mémoire,

Son regard embrasse le long rectangle aux bords arrondis, balayé à intervalles réguliers par les essuie-glaces qui repoussent avec obstination les gouttes de pluie sur les côtés.

Par-delà la glissière, les phares de ceux qu'ils croisent, et devant eux, les feux rouges de ceux qui les précèdent. Une voiture au milieu du flot. Deux heures qu'ils roulent, elle lui tend une bouteille d'eau et lui propose un biscuit enveloppé de papier cristal. Il prend l'eau, propose de monter un peu le chauffage. *Ça va pour toi comme ça ?* Encore une heure et ils retrouveront leur appartement. Dimanche soir, retour de week-end. Ils ont déjeuné en bord de mer, marché sur la plage, et puis il faut rentrer, la nuit tombe tôt en cette saison.

D'ici quelques semaines, les jours vont rallonger, c'est ce qu'elle préfère dans l'année, cette promesse de lumière, repoussée un peu plus chaque soir, gagnée sur la nuit. L'obscurité les entoure. Elle s'enroule dans son écharpe, ferme les yeux.

Sa main à lui. Posée juste au-dessus du genou. Une onde chaude. Elle garde les yeux fermés. Elle se dit que c'est là, exactement là, à cet endroit précis, qu'elle aime sentir le poids de sa main, la chaleur de sa paume. À ce moment-là, ne rien désirer d'autre.

Elle ouvre les yeux, saisit son téléphone dans son sac à ses pieds et lance une musique de sa playlist. Guitare gitane. *Alegrías*. Les essuie-glaces poursuivent leurs inlassables mouvements pendulaires. Elle ferme les yeux de nouveau. Elle regarde le cercle du volant, les deux mains solides posées de façon symétrique, et puis l'écran du GPS avec la petite flèche bleue sur la ligne qui oscille au fil des courbes de la route.

C'était bien, Cordoue, hein ? Elle sourit sans répondre, et son sourire s'élargit encore lorsqu'elle voit le sien, et le regard en coin qu'il lui jette sans quitter la route des yeux.

Oui, c'était bien. L'ombre dans les ruelles aux murs blancs, les arcades, les patios et les jardins avec leurs cascades de bougainvillées roses ou violettes, viens, regarde, les verres de rioja rouge sombre, presque noir, bus en terrasse, les oranges pressées le matin, les eaux jaunes du Guadalquivir en contrebas. Oui, c'était bien.

Les rideaux qui dansent devant la fenêtre de la chambre, et cette journée qu'ils y ont passée, sans sortir, à dériver sur l'océan infini du lit. Viens. Son souffle sur sa nuque à elle.

Au péage, elle regarde les enseignes plantées alentour. On peut acheter des voitures, des piscines, des articles de sport, du matériel de bricolage, des appareils électroménagers, des ordinateurs, des bijoux, des lunettes, des cuisines complètes, des jouets, des vêtements, des luminaires, du chocolat belge et du poulet frit. On peut aussi louer un garde-meubles ou une pelleteuse. Elle se dit qu'elle n'a besoin de rien de tout ça. Elle écoute *Alegrías*. Elle a tellement aimé ce voyage. Se souvenir des belles choses. Elle a lu ça, un jour, ça l'a marquée. S'en souvenir, et les laisser parfois affleurer à la surface de la mémoire, comme on retrouve au fond d'une poche un morceau de verre dépoli ramassé sur la plage, ressuscitant à lui seul une saveur, une senteur d'océan faite de la mémoire de toutes les vagues qui l'ont porté jusqu'au rivage.

Elle regarde ses mains, ferme les paupières. Elle songe à ce que personne ne pourra lui prendre.

Elle se dit que, parfois, tout est bien.

la nuit à contretemps, la nuit des loups, la nuit les tremblements d'âme,

Il s'est réveillé tôt, plus la peine d'insister avec le sommeil. Les heures de la nuit ont été profondes, réparatrices. Il a faim. Il boit longuement à la bouteille d'eau posée sur la tablette, à la tête du lit, et enfile un sweat-shirt avec un pantalon de jogging. Il se lève, avec lenteur entame une série d'étirements, renoue avec la présence de chacun de ses muscles. Un coup d'œil sur son téléphone : Bertrand passe le prendre dans une demi-heure pour le petit déjeuner, il répond en envoyant un pouce levé. Avant de passer à la douche, il s'approche de la fenêtre, le jour à venir s'insinue déjà entre les rideaux mal joints. Il se sent calme, reposé. C'est aujourd'hui.

Son titre de champion de France de karaté, catégorie moins de 75 kilos, est remis en jeu une fois encore. Quelques minutes de combat, à peine. L'an passé, il avait vaincu en 2'37".

Les entraînements quotidiens après le travail, au dojo ou en salle de sport, les séances de running imposées par son coach, tout va se concentrer en quelques figures rapides qui décideront s'il gardera son titre pour une année encore.

Hier, il a traversé la moitié de la France en voiture avec Bertrand. Six heures de route. C'est lui qui s'est occupé de tout, l'organisation, la réservation de cet hôtel à proximité du gymnase où aura lieu la compétition.

Son adversaire, il le connaît. C'est Boris, ce type au nom d'ours russe, à qui il a ravi le titre l'an passé. Il va vouloir prendre sa revanche. Motivé. Dangereux, donc. Il l'a croisé à plusieurs reprises dans différentes compétitions. Pas un type très sympa. Puissant, massif. Agressif. La dernière fois, il l'a trouvé plus musclé encore sous son kimono. Il doit passer son temps en salle de sport.

S'il se laisse immobiliser au sol, c'est fini. Ils ont beau être de poids à peu près identique, si l'autre le colle ou sol, il ne pourra pas se dégager. Avec Bertrand ils ont regardé toutes les vidéos de ses combats précédents. Cherché son talon d'Achille, la faille dans l'armure, sa façon de se lancer dans le combat. Où est sa faiblesse ?

Malgré son physique impressionnant, il s'agite beaucoup dans une espèce de danse d'un pied sur l'autre autour de son adversaire, il la joue mobile, insaisissable, un gros animal qui voudrait jouer. Mais nerveux, agité, aussi. Bertrand l'a souvent répété, *laisse-le venir, laisse-le se découvrir, il bouge trop, attends pour aller au contact, ne te jette pas sur lui, attends l'ouverture.*

Il reste à la fenêtre, concentré dans ses pensées. Avec Boris, ils se saluent quand ils se croisent, un simple signe de tête, histoire de montrer à l'autre qu'on a enregistré sa présence. Et c'est bien comme ça. Rien de pire que de devoir démolir un pote.

Il regarde la nuit arriver à sa fin, on distingue les bâtiments autour de l'hôtel, des immeubles, un centre commercial, des étendues de parkings encore vides, quelques arbres plantés depuis peu et entourés d'une protection en bois. Rien d'un décor éblouissant.

Il sent son cœur battre, lentement, ses jambes ancrées au sol, ses hanches souples. C'est son jour. Il se sent invincible. Pas de fanfaronnade ni de mauvaise appréciation. Il ne faut jamais sous-estimer l'adversaire, Bertrand le lui répète assez.

Une sensation de calme, de mise en tension progressive le saisit. Il va gagner, trouver la faille, il va le regarder s'agiter et il va fondre sur lui à la seconde décisive. Son œil, sa rapidité, c'est son meilleur atout, ça aussi Bertrand ne cesse de le lui rappeler.

Bertrand. Où en serait-il sans lui ? Depuis trois ans, ils se voient presque chaque jour. Lassitude, doute, fatigue, coup dur, il est là. Discret, mais là. Lorsqu'il est arrivé à son dojo, ce n'était pas gagné. Il lui a fallu perdre de mauvaises habitudes, se discipliner, s'entraîner avec plus de sérieux, de régularité, dompter son énergie tumultueuse, écouter. Écouter, pas simple pour lui. Arrêter de fumer, aussi. Manger correctement. Sortir moins, boire moins.

À la maison, ce n'est pas toujours simple non plus. Le trois-pièces, avec sa mère et ses deux sœurs, c'est parfois compliqué. Avec son patron aussi, pas simple non plus, même si son travail est irréprochable. Les clients l'adorent. Mais mauvaise tête. Tête de mule. Gentil gars, au fond, mais mauvaise tête. Pas aidé.

Sa mère qui travaille pour dix, les yeux au milieu du visage quand elle rentre le soir, ses sœurs qui râlent à trouver ses affaires de sport dans tous les coins. Maintenant, il y met du sien, ça va mieux.

C'est Bertrand qui l'a remis à marcher droit. À éviter certains types et leurs embrouilles. Pour rien au monde il ne l'avouerait, mais pour Bertrand il ferait n'importe quoi. Alors, ce titre, cette année encore, il va le lui ramener. Il lui doit bien ça. Et la médaille, il l'offrira à sa mère, et puis il l'invitera au restau, tiens, c'est une idée, ça. Ça lui fera plaisir.

Pour Nina, c'est Bertrand qui a tout de suite capté. Pas de clins d'œil, ni de bourrades, ni de questions. Juste un ça fait plaisir de te voir heureux, tu sais. Et puis il est passé à autre chose. Quand il l'a vu sombre, au cours des dernières années, il était là. Pas de questions. Simplement proposer un bowling ou un ciné, un canapé chez lui pour quelques nuits. Alors, Bertrand, c'est sacré. Il aurait voulu un père comme lui. Le sien, il ne sait pas trop où il vit, et ça vaut peut-être mieux comme ça. N'empêche, parfois, ça lui a manqué. À huit ans, on a envie d'un père qui vous fait partager des trucs. Et puis il s'est habitué. Alors, Bertrand, forcément. C'est avec lui qu'il a découvert qu'un rêve peut se réaliser.

Une vibration sur la tablette. Il s'écarte de la fenêtre. *Avec toi, mon amour.* C'est Nina. Malgré lui, il sourit. Cherche dans ses émojis et lui envoie une flamme, claire en son centre et rouge sur ses contours. Rien d'autre. Concentré, rester concentré. Elle est avec lui, il le sait, ça suffit. Une idée passe, il s'efforce de ne pas s'y attarder, pas le moment. Un petit appartement avec Nina, ça serait bien. Ils sont ensemble depuis plus d'un an, pour la Saint-Valentin il l'a invitée au restaurant, jamais il n'aurait imaginé ça.

Il regarde l'heure. Juste le temps de se doucher avant que Bertrand n'arrive. En bas, au buffet, ce sera céréales, banane, œufs brouillés avec un toast peut-être. De l'énergie, mais ne pas se charger. Rester vif, tendu. Et puis la rage, il faut qu'il garde la rage. Cette pulsion qui vient de loin. Il pense à son père dont le visage lui échappe presque. Il pense à sa mère, les sacs de courses et l'ascenseur toujours en panne, les courriers de rappel pour le loyer, avec des paragraphes entiers en gras et en rouge, posés sur la commode de l'entrée. Il respire, lentement, profondément. Oui, pour la rage, ça ira.

la nuit le vent le galop de la mémoire,

Deux fillettes autour d'un jeu de cartes qui leur arrache des rires et des exclamations, à côté d'elles un jeune garçon invente des passes compliquées du bout des pieds avec un ballon en mousse. Près d'eux, leur mère nourrit un bébé à la cuiller, leur père secoue une couverture à carreaux fatiguée, retape un coussin.

Le soir est tombé, mais l'éclairage urbain, celui des cafés, des restaurants, des boutiques, donne à la scène des allures de plein jour. Il fait frais, un peu.

À deux pas de la sortie du métro, à quelques dizaines de mètres de la statue de la République, altière allégorie de bronze juchée sur son socle et agitant dans l'air son rameau d'olivier. À ses pieds, trois statues de pierre regardent dans trois directions différentes ; La Liberté, flambeau et chaîne brisée en mains ; L'Égalité, avec son drapeau et son niveau de charpentier ; et La Fraternité, une femme veillant sur deux enfants penchés sur un livre, au milieu de l'abondance symbolisée par une gerbe de blé et un bouquet.

Les fillettes en ont fini avec leurs cartes, elles se partagent un paquet de gâteaux secs sorti d'un sac de courses posé à terre. L'une d'elles secoue les miettes de son sweat-shirt sur lequel on peut lire MIAMI BEACH en paillettes à moitié effacées au-dessus de la silhouette découpée de deux palmiers rose fuchsia.

Elles semblent chercher une position plus confortable sur le matelas entortillé dans un drap délavé. La plus grande prend le bébé des bras de sa mère et lui fait terminer son repas, essuie sa bouche, ses mains, détache son bavoir. Scène de la vie ordinaire.

Les passants marchent au ras du matelas, ils entrent ou sortent du métro, pressés, pressés. Le garçon s'est lassé de sa balle en mousse, il rejoint la plus jeune de ses sœurs et commence avec elle une nouvelle partie de cartes.

C'est la nuit. On distingue à peine la statue de la République sur la place. Le rameau d'olivier s'est fondu dans la nuit. La Liberté, L'Égalité et La Fraternité ont dû s'assoupir. Cinq ou six taxis, lumière verte sur le toit, attendent à la station, à quelques mètres du matelas. Maintenant, on dirait une barque abandonnée avec ses survivants à bord. Îlot de solitude où survivent quelques êtres dans les bras indifférents de la nuit. Perdants, perdus. La mère s'est endormie, le bébé allongé auprès d'elle, une couverture pelucheuse les recouvre. Le père et les enfants rangent des vêtements dans des sacs en plastique et les alignent derrière eux, contre le mur.

Une fenêtre. Il manque une fenêtre, et des murs, et un plafond, et un toit à cette scène d'intimité familiale en plein air, en pleine rue, en pleine ville, à quelques mètres d'une boulangerie et d'un club de gym, d'un café et d'une boutique de téléphonie mobile. À quelques mètres d'un magasin de décoration et d'un surplus de marques, d'un restaurant indien et d’une salle de spectacle, d’une pizzeria et d’une pharmacie. À quelques mètres de nos cœurs. Fenêtre manquante.

la nuit les traces effacées,

la nuit déchirure, la nuit rivage,

la nuit cahier blanc pour nos histoires,

en saisir quelques-unes &

les nouer aux doigts du jour

*

De la même auteure

La nuit des pères, Notabilia 2022 (J'ai lu, 2023)
Et recoudre le soleil, Notabilia, 2022
Ce matin-là, Notabilia, 2021
Une femme en contre-jour, Notabilia, 2019 (J'ai lu, 2020)
Une longue impatience, Notabilia, 2018 (J'ai lu, 2019)
Un été à quatre mains, HD ateliers Henry Dougier, 2017
Vermeer, entre deux songes, Invenit, 2017
De vives voix, Le Temps qu'il fait, 2016
L'ombre de nos nuits, Notabilia, 2016 (J'ai lu, 2017)
Le dernier gardien d'Ellis Island, Notabilia, 2014 (J'ai lu, 2016)
Noces de neige, Autrement, 2013 (J'ai lu, 2014)
Nos vies désaccordées, Autrement, 2012 (J'ai lu, 2013)
Les heures silencieuses, Autrement, 2011 (J'ai lu, 2012)

Sur l'auteure

Venue à l'écriture par la poésie, Gaëlle Josse publie son premier roman, *Les heures silencieuses*, en 2011 aux éditions Autrement, suivi de *Nos vies désaccordées* en 2012 et de *Noces de neige* en 2013. Ces trois titres ont remporté plusieurs récompenses, dont le prix Alain-Fournier et le prix national de l'Audio lecture en 2013 pour *Nos vies désaccordées*.

Le dernier gardien d'Ellis Island a été un grand succès et a remporté, entre autres récompenses, le prix de Littérature de l'Union européenne. *Une longue impatience* a remporté le Prix du public du Salon de Genève, le prix Simenon et le prix Exbrayat. *Une femme en contre-jour* a reçu le prix Terres de Paroles 2020 et le prix Place ronde du livre photographique. *Ce matin-là*, paru en 2021, et *La nuit des pères*, paru en 2022, ont également rencontré une très large audience.

La plupart de ses romans sont traduits dans de nombreuses langues et étudiés dans les lycées.

Gaëlle Josse est diplômée en droit, en journalisme et en psychologie clinique. Après quelques années passées en Nouvelle-Calédonie, elle travaille à Paris et vit en région parisienne.